Sine, eine ältere Frau mit jenischen Wurzeln, führt ein hart erkämpftes, eigenständiges Leben hoch oben am Berg. Sie lebt nah an der Natur, kennt sich mit Düften, Harzen, Kräutern und Heilpflanzen aus, aber auch mit dem Wesen der Tiere: Von der Silbernen, einer Blindschleiche, wird sie beschützt.
Doch die Selbstverständlichkeit ihrer Existenz wird jäh in Frage gestellt, als in der Nacht des Blutmondes ein ungebetener Gast auftaucht, der sich für längere Zeit bei ihr einnistet. Trotz aller Unterschiede nähern sich Sine und ihr Gast einander ganz langsam an. Zwischen ihnen entwickelt sich ein merkwürdiges Spiel von Verlangen und Ablehnung.
Echos aus Sines Vergangenheit wechseln sich in rascher Folge mit Szenen aus dem Zusammenleben mit ihrem Gast ab, bis die Grenzen von Fantasie und Wirklichkeit verschwimmen. Ein eigenwilliger Roman in einer lyrischen, mit mystischen Bildern aufgeladenen Sprache.

Regula Caviezel (*1951) wuchs mit vier Geschwistern auf einem Bauernhof im Kanton Thurgau auf. Ihre Kindheit war aber nicht nur von bäuerlicher Arbeit, sondern auch vom Kennenlernen der schönen Künste geprägt. So besuchte sie bereits damals Konzerte, Vernissagen von Künstlern und las in der 3. Sekundarklasse u. a. Puschkin und Tolstoi. Nach der Sekundarschule absolvierte sie das bäuerliche Haushaltlehrjahr und das Kindergartenseminar, verheiratete sich dann nach Urmein am Heinzenberg GR, wo sie mit ihrem Mann bis heute als Bergbäuerin lebt und drei Kinder grossgezogen hat. Sie beschäftigt sich autodidaktisch mit dem Bildweben, der Malerei, dem Querflötenspiel – und mit dem Schreiben. Daneben interessiert sie sich für die Lehre des Paracelsus, Heilkräuter usw.
Bisherige Publikationen: Erzählband «Gletscherströme» im Südostschweizverlag, 2013; Bilderbuch «Lina und das Geheimnis der Hopi-Indianer» im Verlag Linard Bardill, 2013.

REGULA CAVIEZEL

DIE SILBERNE

Roman

Antium

Mit freundlicher Unterstützung von

Kulturförderung Graubünden. Amt für Kultur
Promoziun da la cultura dal Grischun. Uffizi da cultura
Promozione della cultura dei Grigioni. Ufficio della cultura
SWISSLOS

Graubündner
Kantonalbank

Gemeinde Urmein

1. Auflage März 2020

Lektorat: Beat Hüppin
Satz und Gestaltung: Ladina Poik
Umschlagfoto: Adobe Stock (Fotograf: Jeffonline)
Druck: Erni Druck und Media AG, CH-8722 Kaltbrunn
Printed in Switzerland
ISBN 978-3-907132-09-8
www.antiumverlag.ch
info@antiumverlag.ch

Der Verlag verwendet eine Hausorthographie, die auf einer gemässigten Variante der reformierten Rechtschreibung basiert und zudem den schweizerischen Usus berücksichtigt. Insbesondere wird auf das ß verzichtet.

Höchste Zeit, nach ihr zu suchen. So bückt sich die Frau tief unter den Bittersüss, der mit seinen rot glänzenden Beeren lockt und lockt, bückt sich über den Haufen, beginnt in den halb vermoderten Pflanzenresten, in der feucht-pilzigen Vergänglichkeit zu wühlen, mit den Händen ganz tief einzutauchen in das noch warme Innere, wo sie erwartet wird. Behutsam nimmt sie die Silberne, Zartgesichtige aus ihrem feuchtwarmen Nest. Es ist diejenige vom Sommer, die sie nun in ihren Händen birgt und in die warme Kuhle ihres Halses legen wird, unter ihr geflochtenes Haar. So bewehrt wird sie den Winter und drohende Angriffe überstehen. Züngelnd wird sie bei Gefahr hervorschnellen, um sich gleich darauf wieder zurückzuziehen. Niemand wird ihr zu nah kommen, weiss die Frau und streicht mit der Fingerspitze über den kühlen Rücken der Silbernen.

*

Sine sitzt unterhalb des Hauses auf dem Steg, der über das Wildwasser führt. Sie schlenkert mit den Beinen. Das Bachbett ist bedeckt mit Herbstlaub, die Wassergeräusche scheinen darunter zu ersticken, auch schön so, findet sie, gebändigt und geheimnisvoll. Sie hatte einmal von einem Mühlbach gehört, der ein kleines Kind mitgerissen und das ganze Dorf in Aufregung versetzt hatte, nicht nur wegen des vermeintlichen Todes des Kindes, sondern weil der Bach auf dem Talboden tief unter dem See sein verborgenes Bachbett hatte und weil man wusste, dass das Kind für immer dort unten hätte bleiben müssen. Noch Jahrzehnte später erzählte die

Mutter, wie froh sie gewesen sei, die kleine Leiche noch rechtzeitig gefunden zu haben, um trauern zu können.

Der nächste Regen wird, weiss Sine, den Bach anschwellen lassen und all das dürre Zeug mitreissen, der nächste Regen wird eine Vorahnung des Winters mitbringen, er wird dem Farbspiel in den Hecken ein Ende setzen und die Beeren an den Stauden faulen lassen, er wird die Samenstände des Mädesüss und die Farnhorste zu Boden schlagen, er wird die Vogelnester vom Sommer von den Ästen werfen, er wird den riesigen Moderprozess einläuten, die Tiere in die Unterstände treiben und die grossen Ameisen tief in ihre Haufen. Nur die Starken werden überleben. Der alte Hirsch wird sich am Rand des Moores niederlassen, um das Wasser in der Nähe zu haben, dort wird er, immer schwächer werdend, sich dem langsamen Sterben hingeben. Wird vielleicht in seinen Träumen nochmals über die Bergwiesen preschen mit seinem gewaltigen Geweih.

Sine schlenkert mit den Beinen, bald wird sie ins Haus verbannt werden, wie schon in vielen Wintern. Sie sollte eigentlich nicht dasitzen und der Vergänglichkeit nachsinnen, sondern nochmals hinaufsteigen nach den letzten Beeren und dem Wacholder, sollte das Baumharz sammeln und den Bittersüss aufsuchen, der ihr vielleicht ein gebrochenes Aststück geben wird, sollte nach der Spur des Bären fahnden, wie schön, wenn er den Winter wieder oben in der Höhle verbringen würde und sie sich in ihren Winterträumen an seinen dichten Pelz schmiegte.

*

Sine ahnt, dass es bald zu Ende ist mit dem beschaulichen Leben, und geht deshalb Tag für Tag durch die Weiden hinauf, die Wege der Kühe entlang, weil die ja wissen, wie man am schnellsten hochkommt, bis zu den Legföhren, den Straucherlen und höher, den Alpweiden entgegen, durchs Bruuchland, das Unnütze, aber mit all den Beeren eine Speisekammer für die Murmeltiere, Schneehühner und Auerhähne, und wenn einer auf der Durchreise wäre, so ein Zottigbrauner, würde auch der nicht lange fackeln und sich hinter die Beeren machen. Sine ahnt, dass die Tage der Freiheit gezählt sind und einer schon unterwegs ist, um sich einzunisten, ihr das Liebste zu nehmen, das sie hat, das Alleinsein mit dem Versteckspiel unter dem Gesicht des Berges. Wo sie jeweils lacht, wenn sie hinauftappen, die vom Dorf, mit dem Arm voller Akten, mit den guten Ratschlägen und ihrer unsäglichen Neugier. Vor denen sie sich versteckt, immer dann, wenn sich ihr die Haare sträuben, Gänsehaut über den Rücken kriecht. Dann steigt sie schnell auf den Dachboden, linst durch die Ritzen und hört zu, wie sie stänkern und beratschlagen. Der werden wir's schon zeigen, die sollte man mal, und sie wissen, was man sollte, hat sie es doch selber erlebt, was man macht mit so einer, wie sie es ist. So linst sie also durch die Ritzen oder liegt hinter der Hecke eng an den Boden gepresst, spürt ihren aufgeregten Herzschlag und den Atem dieses Bodens und lässt es kriechen, alles, was will, darf über sie kriechen, die Ameisen, die Käfer oder sogar eine hässliche Kröte, nur die dort vor dem Haus mit den ernsten Gesichtern, den dicken Bäuchen, von denen lässt sie sich nicht einnehmen, auch nicht in die Pläne mit der Zweizimmerwohnung und der geregelten

Tagesstruktur, sagen sie gestelzt: Tagesstruktur, und meinen die Arbeit als Reinigungskraft, ein schönes Wort, hätte endlich einen Verdienst und könnte dann die Steuern zahlen. Aber Sine schaut selbst für sich, ist ihr doch nach dem Hauskauf noch etwas übrig geblieben für das Nötigste. Keine Steuern oder dergleichen, sie ist niemandem was schuldig und stapft weiter hoch, die festgetretenen Viehwege entlang.

Wenn sich die Haare im Nacken nicht sträubten, könnte es schön sein, denkt Sine. Ein Sichelmond zeigt sich bereits am äussersten Horizont, schnell den Eimer füllen mit den bittersüssen Roten, den Preiselbeeren, das Trommelfeuer, das leise Kollern beim Aufschlagen der Beeren im noch leeren Eimer geniessen. Wenn der Boden bedeckt ist, wird es nicht mehr trommeln, da schlagen sie dumpf auf, und der Ton wird immer höher, bis der Eimer gefüllt ist.

Später ein Adler, hoch über ihrem Kopf kreisend. So über den Gipfeln kreisend möchte sie auch einmal die Grüntöne der Staudenrondellen oder die blühenden Alpenrosenfelder betrachten, vielleicht wirft er eine Feder ab, braun mit etwas weiss. Sie würde sich damit schmücken, diese Feder zu denen des Hähers auf eine Schnur fädeln zu einer Halskette, zusammen mit Hagebutten, wilden Erbsen und Wacholderbeeren, und spiegelte sich nackt im grünen See. Ja, sie fühlt sich schön so. Hört ihr, wird sie vor dem Einkaufsladen im Dorf den Schwatzweibern zurufen, ich bin schön, und da sie weiter kicherten und über die hässliche Alte lästerten, die da wieder einmal ins Dorf kommt, um einzukaufen, würde sie sich auf dem Dorfplatz ausziehen, vielleicht zuerst das Haar lösen, ihr geflochtenes graues Haar, sich darin einhüllen und, da schaut her, unter dem Kleid wäre die mehrfach verschlungene Kette mit dem Amulett, mit dem sie sich sicher und geborgen fühlte. So würde sie es machen. Da würden sie es auch wagen, sich auszuziehen, sähen aber mit ihren Lockenköpfen und der künstlichen Strähnchenpracht wie gerupfte Hühner aus. Jetzt lacht Sine und das Echo lacht mit, von den Felsen lacht es scheppernd zurück, ansteckend, von Fels zu Fels, ein ganzes lachendes Gebirge.

Trotz allem, dem Lachen und den kleinen ausgedachten Witzchen über die Dorfweiber, die eigentlich schon recht sind, haben ja nichts anderes kennengelernt und müssen deshalb etwas tratschen und kommentieren, können ja nicht immer nur von Kühen und Schweinen, vom Heuet oder dem letzten Unwetter sprechen und schon gar nicht vom eigenen Mann, das gehört, obwohl sie es manchmal gerne täten, nicht auf den Dorfplatz. Trotz allem kann Sine nie ganz sicher sein. Das Verhängnis kann plötzlich da sein, dastehen, irgendwelche Leute, die es gut meinen und ihr Bestes wollen. Also das Lachen einstellen und über ihre gesträubten Haare im Nacken nachdenken, das sind diejenigen, die zu kurz sind, um in den Zopf verflochten zu werden, über diese kurzen Haare also und den Schauer, den sie hervorrufen, darüber, was wohl anstehen könnte oder was sie versäumt hat. So lässt sie also das Echo ausklingen mit einigen Jodlern, schnellen Zungenschlägen aus hervorgewölbten Lippen, wie sie es von den Sennen kennt, bis die Töne in Triolen die Wasserfälle hinabschlittern.

*

Haben die Töne das Spiel mit den Bruchstücken ausgelöst, weil sich die Seele beim Singen öffnet? Auf dem Heimweg kommt ihr das Spiel mit dem Wippen auf einem Ast, mit dem Wohnwagen und den Schreien in den Sinn. Sie hat von damals nur diese drei Bilder zur Verfügung, aber mit drei Bildern kann man viel machen, sie immer wieder neu zusammensetzen und den Rest, das zwischen den Bildern, erfinden. Sie muss den Rest erfinden, es würde langweilig werden nur mit dem Wippen, dem Wagen und den Schreien, es wäre zu wenig und könnte leicht in Vergessenheit geraten.

Manchmal vergeht mehr als ein Jahr, bis die drei Bruchstücke sich so in eine neue Geschichte einfügen, dass sie sich darüber freut und jedes Mal denkt, die Geschichte komme der Wahrheit ganz nahe. Vielleicht am Ende ihres Lebens wird es stimmen und die Stücke fügen sich zum Ganzen, davon ist sie überzeugt, und auch davon, dass ihr noch genug Zeit bleibt.

Das Kind sitzt auf dem Ast und wippt, es ist von selbst hinaufgeklettert und wippt jetzt auf und ab. Es lacht, vor allem, wenn Mama aus dem Wagen sieht. Sie haben jetzt einen neuen und der Vater kann den Cadillac an den Wagen hängen, wenn sie einen anderen Standplatz brauchen. Aber heute nicht, er sammelt Pfannen und Scheren, mit dem Cadillac ohne Wohnwagen, der Onkel auch, und Mama hat die Haare gewaschen, auch die Tanten und die alte Mutter haben die Haare gewaschen, doch sie will nicht, sie will lieber schaukeln und wippen. Die Frauen winken ihr zu aus dem Fenster, das man schräg öffnen kann, aber aufpassen, sagt Mama jeweils, dass du dir im Fenster nicht die Hand einklemmst, wenn es plötzlich zuschlägt.

Da schlägt etwas anderes, das Kind hört es, auch viel später noch hört das Kind, wie es schlägt, aber anders als die Türen des Cadillac oder des Chevrolet des Onkels, wenn sie zugeschlagen werden, die Autotüren, diese schlagen leise und schlagen zu, und es muss viel Besuch geben, wenn es so schlägt. Die Kleine freut sich und wippt und wippt, vielleicht kommen die Cousins, die sollen sehen, wie sie wippt. Männer vor dem Wohnwagen, sie sieht viele Männer und eine Frau, und Mama ruft, aber mit seltsamem Ton, hoch und schrill, so wie es das Kind noch nie gehört hat, Mama schreit, sie schreien alle, auch der Besuch schreit und die fremde Frau läuft zu ihr, hebt sie vom Ast, will sie wohl zu Mama bringen, weil die so schreit. Die Frau hält sie fest mit ihren Armen, obwohl sie selber –, gehen aber nicht zu Mama, sondern am Wagen vorbei in ein anderes Auto, nicht in das von Papa. Das Kind zappelt und kratzt und beisst. Die Frau hält sie fest wie ein Schraubstock und auch sie schreit, sei still, schreit sie, sei still, du Zigeunerbalg.

Nein, man hat es ihr nicht so erzählt. Sie hat in den Akten nachgelesen, wie es war, man habe sie gefunden, ausgesetzt am Strassenrand, ein kleines, nacktes Zigeunerkind. Sie weiss, dass die Geschichte nicht stimmt, hat als Beweis nur die Bruchstücke, die ihr niemand nehmen kann, die sie aufreiht, immer wieder neu und neu zusammensetzt. Das Wippen auf dem Ast, den Wagen und die Schreie, die holt sie immer wieder aus der fernen Erinnerung, aktualisieren, würde man sagen.

Aber da ist noch etwas, etwas Warmes, Weiches, eine Art Kuhle, in die sie sich hineinschmiegt, nackt an nackte Haut unter grossen, warmen Brüsten.

*

Manchmal möchte sie es erneut erfahren, dieses Gefühl, in einer Kuhle zu liegen, Herzschlag an Herzschlag.

Bereits tanzen Bilder vor ihren Augen, sie geht und geht ganz weich und fliessend, als trüge sie Schlittschuhe an den Füssen, geht auf Parkettböden, auf diesen vornehm glänzenden, wo sie eigentlich nicht hingehört mit ihren derben Schuhen, geht sie über diese Böden aus Eichenholz und Nussbaum, über kunstvoll gelegte Rhombenmuster, und weiss nicht, dass sie noch heute von einer Erinnerung an eine längst vergangene Zeit angerührt werden wird, weiss es noch nicht und geht sachte über die schönen Böden den Bildern nach. Hält den Katalog in Händen, sieht aber nicht hinein, nur auf die Bilder, die es verstehen, sie in ihren Bann zu ziehen. Es ist der Melancholie wegen, dieses seltsamen Gefühls von Trauer und leiser Hoffnung, von Schönheit und Vergehen. Edvard Munch heisst der Maler, von dem sie noch nie gehört hat, den sie aber gleich zu kennen glaubt als Wesensverwandten. Vor dem Bild «Lebenstanz» verweilt sie länger, sie erkennt sich selber darin, was auch dem jungen Mann neben ihr auffällt, das sind Sie, sagt er und deutet auf das weiss gekleidete Mädchen mit der Blume in der Hand, das noch alles vor sich hat, das Leben und die Liebe. In diesem Augenblick ist sie es wirklich, wartend in der Blüte ihrer Jugend. Er weiss viel zu erzählen über die Bilder, aber sie sieht nur seine dunklen Augen, wird sogleich angezogen von ihnen, irgendein Zauber, passend in die Atmosphäre dieses Museums. Da passt es auch gut, dass sie mit dem jungen Mann einen Spaziergang macht, hinauf in den Frühlingswald, wo es duftet und spriesst, wie sie es noch nie wahrgenommen hat. Dann legt er den Arm um sie, und da er viel grösser ist, kommt ihr Kopf so in seine Kuhle von Arm und Brust zu liegen, dass es sich vertraut anfühlt, als hätte sie das schon einmal gehabt. Es ist dieser Moment des Erinnerns, in dem es sie heiss und kalt überfällt, du zitterst ja, sagt er und drückt sie näher und noch näher an sich, dicht an seinen Herzschlag. Im unruhigen Pochen ihrer beider Herzschläge spürt sie und wird beim Spüren selber unruhig, erwartet es so heftig wie Weihnachten oder alles Schöne, das sie kennt, spürt sie endlich die Annäherung, die Angleichung zum selben Takt, und weiss wieder, dass sie das schon einmal hatte, in einer längst vergangenen Zeit, vor dem plötzlichen Stillstand, als die Sterne an Schnüren dicht über ihrem Kopf baumelten und die Pflanzen sprechen konnten.

*

Nimm endlich die verdammten Schlafpillen, hat sie gestern gesagt, seine Frau, als sie spätabends vom Fitnesstraining nach Hause kam. Wenn du nicht mehr schlafen kannst, nimm sie endlich, und wirft ihm die Schachtel hin. Da liegt sie immer noch, auf dem Sofa, wo es Nils versucht hat mit dem Schlafen. Die wievielte Nacht hat er es schon versucht und der Mond draussen wird voller, jede schlaflose Nacht voller, blickt hart und kalt in das Wohnzimmer, wo er seit längerem versucht, die Nächte zu verbringen, weil, sagt sie, du störst mit deiner Unruhe. Dabei liegt er doch nur da, ganz still, bewegt sich kaum und wartet auf den Schlaf, während sich seine Gedanken drehen und drehen, eine

Flut von Gedanken, die durch ihn hindurch rasen, im Schnelltempo irgendwo durch sein Gehirn rasen.

Er weiss nicht, ob er es schafft, zur Arbeit –, sie hat ihm die Kleider bereitgelegt, aber da er noch das gestrige Hemd trägt, denn was soll er sich ausziehen, wenn er nicht mehr schläft, wird er gleich mit dem gestrigen zur Arbeit fahren, greift sich aber noch an den Hals zur Krawatte, die zwar nachlässig geknotet, aber doch vorhanden ist, da hängt, als wäre sie bereit, einmal, nächstens, sein Gewicht zu tragen, vielleicht an einem Ast oder so, dann schnell Jackett, Schuhe, Aktenmappe und aus dem Haus ins Tram, auf den Bahnhof, auf das Perron. In diesem Moment des Wartens auf den Zug setzt es ein, das Dröhnen, irgendwoher aus dem Boden, den Geleisen, dem Bahnhofdach, wenn der Zug nur käme, könnte er sich etwas –, aber es kommt keiner, Verspätung, Murren und Schimpfen rundum, wieder einmal Verspätung, aber nebenan ein Zug, das wird er sein, schnell hinein. Verkrümelt er sich in eine Ecke, wird ganz klein und unsichtbar, will irgendwann dem Zugbegleiter das Generalabo zeigen, aber die Aktentasche –, Nils greift um sich, nicht da, findet den Ausweis aufatmend in der Innentasche des Jacketts.

Die Landschaft kommt ihm fremd vor, kein Wunder bei diesem Dröhnen, aber dort hinten, er weiss es, sollte der Glaspalast, nicht? Ist dort nicht der Glaspalast mit seinem Arbeitsplatz, dem Grossraumbüro aus Glas, alles aus Glas, die Sekretärinnen und die Lehrlinge, der Vorgesetzte, eine gläserne Welt, brüchig. Dröhnt vielleicht das Zerspringen des Glases, nein, denkt er, das würde surren, hoch und durchsichtig bei jedem neuen Sprung. Sie haben Mist gebaut, hat der oberste Chef gesagt, ich muss mich auf Sie verlassen können, sonst. Das drohende Wort «sonst», riesig steht es vor ihm, stand es die vergangenen Tage vor ihm, an den grauen Fassaden, an der Anzeigetafel der Züge, und er weiss, es kann alles bedeuten oder nichts. Sonst. Wird sich die Welt auf die andere Seite drehen und er schuld am Börsencrash, er allein und Tausende arbeitslos, kurz vor dem Weltuntergang auf der Suche nach dem verlorenen Geld, und er wäre schuld an der grossen Finanzkrise.

Drückt er sich noch enger in das Zugabteil, wo bei jedem Halt eingestiegen und ausgestiegen wird, nur er als fester Bestandteil des Zuges, er wird hier bleiben wollen, bis zuletzt. Sich fahren lassen, und da der Glaspalast nicht auftaucht, wird er nicht aussteigen müssen, nur sitzen, ganz still, von niemandem beachtet, er, der kleine, nutzlose Banker, nicht mehr effizient genug für das Bankwesen, sitzen bleiben und darauf warten, dass sich das Dröhnen irgendwann verflüchtigt. Aber Durst hat er, er bemerkt es, wie eine Familie Wasserflaschen an die Kleinen verteilt und alle trinken, das Kleinste nuckelt am Fläschchen, er gäbe viel darum, bei jener Mutter zu sitzen, als ihr Kleinstes auf ihrem Schoss, und zu nuckeln, oder noch kleiner, viel kleiner, an ihren grossen Brüsten zu saugen, so dass er sich abwenden muss, um mit seinen ausgetrockneten Lippen das Ersehnte nicht länger vor sich zu haben.

*

Es wird bald zu Ende sein, denkt Sine, bald zu Ende. Kann es nicht benennen, aber spürt eine sich im Anzug befindende Begrenzung oder Eingrenzung. Der sie sich nur entziehen kann, indem sie eilt und tut, doch es ist längst alles gesammelt, die Eimer gefüllt, die Kräuter auf dem Dachboden zum Trocknen ausgelegt, Holz gestapelt, Kränze gewunden, Pilze eingemacht und Tinkturen angesetzt. Es müsste doch noch, Sine blickt sich um, damit ihr etwas in den Sinn käme und sie noch einmal aufbrechen könnte, einen Grund finden würde zum Gehen, ein Ziel vor Augen. Da fällt ihr das Harz ein, das sie noch nicht gesammelt hat, das Harz für die Wunden, für die da unten, wenn sie nicht mehr weiter wissen im Dorf und dem Arzt vielleicht nicht vertrauen, oder wenn es sich um etwas Geheimes handelt, worüber man nicht sprechen kann, mit niemandem sprechen kann, kommt es vor, schleichen sie beim Eindunkeln hoch, heimlich, weil es ja niemand sehen soll, und sie macht es nicht gern, aber tut es trotzdem, führt die weinende Frau in die Stube und lässt sie sich hinlegen. Lässt sie vielleicht ein wenig weinen, dann wird die Frau zu reden beginnen, und es ist vielleicht gar nicht der Rücken, der schmerzt, aber was es ist, muss Sine erst einmal ertasten, so streckt sie jeweils nur ihre Finger aus und berührt den Schmerz der Frau, merkt bald, ob die Berührung willkommen ist oder nicht, wenn ja, geht sie weiter, beginnt mit den Handflächen zu fahren, versucht zu erspüren, zu streicheln diese schmerzenden, verspannten Muskeln, merkt, dass es etwas ist, was mit Scham zu tun hat, denn was soll man machen, wenn der Mann nichts mehr, gar nichts mehr will, und sie ist doch noch jung und möchte nochmals ein Kind. Dann streichelt sie der Frau den Rücken und nimmt die Harzsalbe auf ihre Handflächen, bis die Frau sich beruhigt hat, sich im warmen Waldduft beginnt zu entspannen, streicht sie massierend ganz zart diesen Rücken, der mehr tragen muss, als er kann, bis die Frau vielleicht etwas merkt, merkt, wie es ist, gestreichelt zu werden, lange Zeit mit Geduld und Liebe, und nimmt etwas verschämt einen Topf der Salbe zu sich nach Hause mit. Bei Sines seltenen Dorfgängen wird man sie vielleicht grüssen, wenn es niemand sieht, liegen aber kleine Geschenke vor ihrer Tür, ein Stück Schinken, etwas Gebäck oder frisch gemahlenes Mehl.

Für das andere kamen sie damals, vor Jahren, auch hoch, unter dem Vorwand, irgendwo Schmerzen zu haben, aber sie kamen der Liebe wegen, als ihr Haar noch schwarz und wallend bis zu den Hüften hing und sie sich da hineinlegen wollten in das Haar dieser seltsamen Frau, die nach Wildnis schmeckte und ihre Küsse herbsüss nach Walderdbeeren. Sie fühlten sich geborgen in ihren umschlingenden Armen, stark wie Efeuranken, sie lagen verzaubert im Bann ihrer Laute, denjenigen eines Käuzchens gleich, und waren sich auf dem Heimweg nicht mehr sicher, ob sie nicht etwa bei einer Hexe gewesen waren.

Das Harz, in langen dünnen Bahnen liegt es dicht an der borkigen Rinde des Baumes, golden wie Bernstein. Sine sucht aber nach dem frischen, noch weichen gelbweissen Harz in den Einbuchtungen, das sie hervorklaubt mit Hilfe eines Spachtels, das frische Harz, das der Baum für seine neu zugefügten Verletzungen braucht.

Schön ist es im herbstlichen Wald, in Gesellschaft der Baumriesen, im Geruch der letzten Pilze und des Mooses. Sine denkt sich die Vergänglichkeit und Ewigkeit ganz nah mit dem Versunkenen von Jahrhunderten unter ihren Füssen, vielleicht als Versteinerungen immer noch sichtbar oder konserviert im Bernstein. Sie stellt sich die Welt vor dort unten, die einmal von Zwergen und Gnomen bevölkert war und die es nicht mehr gibt, die man abgeschafft hat, da es viel zu schwierig wäre, auf die Zeichen und Botschaften jener Wesen zu achten. Wo käme man auch hin, denkt Sine mit dem Gefäss voll Harz, das sie zu Hause gleich verarbeiten wird, wo käme man auch hin, wenn vor jedem neuen Bürogebäude oder Fabrikareal zuerst nachgefragt werden müsste, ob da mit dem geplanten Bau keine unterirdischen Bewohner beeinträchtigt würden.

Sine feuert den Herd für das Erwärmen des Olivenöls, richtet die Waage, das Bienenharz und sieht draussen bereits den Mond über dem Horizont, einen riesigen Mond, wie es sie dünkt, noch nie so gross gesehen. Er steigt aus dem Gebirgswald auf der anderen Talseite empor, als hätte er vor kurzem dort in den Arven noch geruht und wäre nun frisch und bereit, die Welt zu beleuchten.

*

Rote Feuerglut, rotes Prasseln im Herd, rotes Johannisöl in roter Kupferpfanne, ein roter Abend und Sine mittendrin im roten Leuchten, und wie sie erneut aus dem Fenster blickt, erscheint der Mond ebenfalls rot, ein Blutmond, nach vielen Jahren wieder einmal ein Blutmond. Da wird es ihr seltsam feierlich zumute in diesem vielen Rot, sie rührt langsam das rötliche Harz in die Pfanne und rührt und rührt, bis das alte Bild emporwächst und eine Alte über dem offenen Feuer ihre Sprüche murmelt. Mit dem aufsteigenden Duft des Harzes, mit der Verwandlung des roten Öles in grüngoldene Flüssigkeit beginnt auch Sine zu wünschen, sich etwas Neues, Unerwartetes zu wünschen, und während sie eilt und wägt, Bienenwachs zufügt und absiebt und die flüssige Salbe sorgfältig in Töpfe abgiesst, wünscht sie weiter und weiter, und die Summe all ihrer Wünsche wäre, was die Summe ihrer Wünsche wäre, kann sie selber nicht so genau benennen, hat aber vielleicht mit Sommerwärme, Glück und Zuwendung zu tun. Da fährt wie schon öfter der Föhnwind als Spielverderber durch den zu kurzen Kamin und Rauch nebelt die Küche ein, schnell das Fenster, schon wieder eilt sie und sieht in der abziehenden Rauchschwade ihre vergänglichen Wünsche davonfliegen.

Draussen zieht unter dem roten Mond die Nacht auf. Sine steht vor der Tür und beobachtet das Spiel der verlöschenden Herbstfarben eines Malers, eines Künstlers, der es versteht, zu verdunkeln, ohne das Leuchten des Tages schwarz zu bedecken und in Tinte zu tauchen. Alles ist noch da, samtstoffig schimmernd und verborgen glänzend, so liegen die steilen Bergflanken, die Lärchenwälder und die Felsbänder im Mondlicht still und starr über ihr. Alles wunderschön, aber Sine denkt, zu schön, um wirklich zu sein, schön, aber ohne Leben, eine tote, schöne Landschaft, und sie spürt es wieder, dass es nicht stimmt so, dass etwas kommt oder kommen muss, dass sie ansonsten ersticken wird in dieser unendlichen Schönheit ohne Leben.

In dieser vom Mond beschienenen, erstarrten Landschaft, wo sie sich den Föhnwind als Sturm vorstellt, wo sie sich auf dem Berg oben den Ausbruch eines Vulkans wünschen würde oder dort drüben den Niedergang einer Mure, in der Wasser und Steine sich überschlagend und wirbelnd hinunterströmten der Schlucht entgegen, wo sie sich trotz Angst und Schrecken lebendig fühlen und schreien würde, sie, die einmal in einem anderen Leben stumm gewesen war, würde schreien, so würde sie schreien in dieses Inferno hinein, würde es nicht auffallen, da es krachte, rauschte, brüllte, würde es niemandem auffallen, wie sie sich so allein da oben ins Leben zurückschreien würde.

*

Das kleine Mädchen spricht nicht. Weint nicht, lacht nicht. Sitzt am Boden, zieht die Puppe aus, zieht die Puppe an, zieht sie aus, lächelt nicht, spricht nicht, zieht die Puppe aus und an. Manchmal schlägt sie den Kopf der Puppe gegen den Boden. Abends muss man ihr die Puppe aus den Händen schälen mit Gewalt, mit Gewalt das stumme Kind ausziehen, den Mund öffnen zum Zähneputzen mit Gewalt, die Hände falten zum Gebet mit Gewalt und bestrafen, bestrafen das stumme Kind. Und beten für das Teufelskind, den Zigeunerbalg. Es dauert auch seine Zeit, bis es begreift, unter dem Kreuz beim lieben Herrn Jesus zu knien mit gefalteten Händen, dauert es seine Zeit. Erst bei einer Novizin, die noch nicht gelernt hat, sich schuldig zu fühlen beim Lachen, die den kleinen Balg, das Kind an sich drückt und verküsst, dass es nur so schmatzt, erst bei dieser Novizin, der Crescentia, einem gefallenen Mädchen übrigens, glücklicherweise mit einer Fehlgeburt, erst bei der lächelt die Kleine manchmal kurz und unerwartet. Und lernt sprechen, was sie eigentlich schon kann. Aber da die Worte vermutlich irgendwo im Hals stecken geblieben sind, muss man diese wieder hervorholen, was natürlich mit Gewalt wie beim Zähneputzen oder Beten nicht möglich ist.

*

Endstation hat er gesagt, Endstation, und er wolle wohl kaum wieder runter ins Tal fahren, jetzt wo er schon mal oben sei, sagt der Postautofahrer und lacht über seinen eigenen Witz, der eigentlich keiner ist, denn am liebsten würde Nils wieder runterfahren, nur fahren und fahren, immer weiter, unendlich auf Fahrt sein und nichts überlegen dabei. Sich in eine Ecke verdrücken, und niemand würde etwas von ihm wollen, er könnte mitten in seinem neuen Gedröhn sitzen, das ja vermutlich auch eine Bedeutung hat, er kommt nur nicht darauf, welche, so eine Prüfung, wie lange er es aushält, vielleicht eine Art Schlafersatz, fällt ihm ein, weil er nicht mehr schlafen kann, aber erhebt sich leicht taumelnd und kann beinah nicht mehr gehen, so steif ist er geworden. Da hilft ihm aber der Chauffeur, fasst ihn am Arm, geht's, fragt er, ja, es geht, sagt Nils und steht in einem nächtlichen Dorf, am Rand, das sieht er, und bei einem Brunnen, der plätschert, muss aber zur Seite wegen des Wendemanövers des Chauffeurs und es tut ihm leid, dass das gelbe Auto nun weg ist.

Am Himmel steht ein riesiger Mond wie eine Lampe und bescheint das Dorf, das ihn so zusammengeballt dünkt, als seien dort alles Menschen, die miteinander verwandt, verschwägert oder ineinander verliebt sind, die alles voneinander wüssten, und er wäre der Eindringling in der verschworenen Gesellschaft, so sieht er sie am Wirtshaustisch, Ellenbogen an Ellenbogen mit Bier vor sich und sie müssten nur so Wortfragmente sagen, sofort würde jeder wissen, was gemeint wäre, er mag also nicht an eine fremde Tür klopfen, und der Weg, das sieht er im Mondschein, geht noch weiter den Berg hinauf. Zwar friert es ihn so hoch oben in den Alpen und er hat ja den dünnen Anzug, der reicht, hat seine Frau gestern oder vorgestern oder schon vor Tagen gesagt, sonst hast du zu heiss, friert es ihn, doch er geht weiter hoch, den beleuchteten Weg entlang. Wird eine Alphütte oben sein, denkt er, weil er dort ein schwaches Licht erkennen kann, so eine Hütte, wo jeder übernachten kann, und da er fast kein Geld bei sich hat, muss er fast lachen, er, der Banker, hat fast kein Geld, aber hier oben nützen Aktien auch nichts, so geht er also hoch und denkt sich einen Zufluchtsort.

Seltsam, der rote Mond, bin ich vielleicht auf einer anderen Erde angekommen mit einem roten Mond, nicht gelb, wo es dröhnt, aus dem Inneren der neuen Erde dröhnt, eine Art Motor, dank dem alles läuft und funktioniert. Aber es friert, friert ihn an den Füssen, dass er sie nicht mehr spürt, so kalt in den neuen Schuhen, Markenschuhe, italienische, hatte die Frau gesagt, in deiner Stellung müssen es Markenschuhe sein, dünnes braunes Leder mit dezentem Lochmuster und das Licht der Hütte noch weit entfernt. Nils hat das Gefühl, je höher er steige, würde sich das Licht aufwärts entfernen und der Abstand zwischen ihm und dem Licht immer derselbe. Vielleicht noch einer, der hinaufsteigt, auch so ein armer Teufel wie er und nicht mehr effizient genug im Arbeitsmarkt, zwei unterwegs, die sich nie treffen würden, nicht einmal auf der Bergspitze, wo der andere schon abwärts unterwegs wäre, aber schnell, schnell, dass er sich auf seinen Hintern setzte und runterrutschte dem anderen hinterher.

Er wird nicht mehr lange können, die Schritte kurz wie diejenigen eines Alten im Heim. Mit dem Rollator. Schritt um Schritt auf dem steinigen Weg, dann fällt er. Ist in den Schotter des Weges gefallen, versucht aufzustehen, ist aber irgendwie nicht möglich, kriecht er also, muss etwas kichern und kriecht, ein Wolf, nur das Heulen fehlt, das Heulen eines einsamen Wolfes, hat er doch einmal einen Film gesehen eines einsamen Wolfes, wunderschön, ist er jetzt jener, der einsame Wolf, verfolgt von den Jägern des Tales, die es alle auf ihn abgesehen hätten.

Plötzlich kann er nicht mehr, obwohl das Licht –, wäre doch näher gerückt –, er kann nicht mehr und hockt sich hin an die Wegböschung, vom Mond beschienen die Wegböschung, wie ein Bett, denkt er, leicht schräg, darauf legt er sich und es hat Gras, feuchtes, langes Gras, wo er sich hinlegen kann, wird da liegen bleiben und nie mehr aufstehen, und es dröhnt und dröhnt in seinen Ohren, ist es das Lied zum Sterben, wird er jetzt sterben und spielen sie ihm das Lied, dass es ihm doch noch traurig, ein wenig traurig zumute wird und Tränen aus den Augen rinnen. Weil ja alle dann um dieses Grasbett stehen und der Pfarrer noch ein wenig redet, weil er ja Banker war und immer seine Pflicht getan, beginnt er zu schluchzen und kann nicht mehr aufhören, so dass es ihn schüttelt, vor Kälte und Trauer schüttelt.

*

Ja, sagt Sine. Nein wäre einfacher, Tür zuschlagen mit Schwung und Knall und nein. Sagt aber meist ja, obwohl es Mut braucht, weil nie sicher ist, was nach dem

Ja kommt. Sagt sie deshalb ja, weil sie Angst vor dem Knall hat, sagt ja, als der junge Bauer sie fragt, ob sie will. Ja, sie will seine Frau werden, ist eigentlich schon seine Frau und sie haben es ausprobiert auf der Lichtung im Wald unter herunterhängenden Nielen mit den weissen Bäuschchen als Dach über sich, und sie dachte sich die Bäuschchen als Wolkenschiffe und die Liebe schön wie Fliegen unter diesen Wolken, ja, ich will. Er sagte dann später nein, weil es keine Kinder gab, keine kleinen Nachfolger, war auch die Schwiegermutter froh und deshalb sagte sie ja, ich gehe, und alle waren glücklich dort auf dem Hof, wie ja meistens jemand über ein Ja glücklich ist.

Doch, wenn Sine nachdenkt, hatte es auch seine guten Seiten, besonders das Üben auf das Kind hin, sie übten eifrig und es spielte keine Rolle, wo und wann, und die Übungen entzückten sie beide so, dass sie damit nicht aufhören konnten. Hinter der Heumahd war es besonders schön oder im Winter auf dem Heustock, unter ihnen das wiederkäuende Vieh, dessen Geschnaufe sich mit dem ihren vermischte, das Beste aber war das Schaffell des grossen Bocks, das auch so roch, und es passte zu ihren Übungen, passte alles zusammen und war Lust und Freude, aber kein Kind. Konnte die Schwiegermutter, die sie Jahre später bei kleinen Treffen im Dorf, noch Jahre später, hätte umbringen können, konnte die Schwiegermutter den Blick kaum von ihrem flachen Bauch abwenden und giftete und giftete und brachte sie schliesslich auseinander, passt eben nicht, sagte sie, Zigeunerin und alteingesessener Bauer mit grossem Hof. Aber er half ihr noch mit dem Zügeln hier herauf, der Bauer, in das Haus am Berg mit dem Muli, dass das ganze

Dorf sein Gespött hatte mit ihnen, und sie setzten die Übungen noch eine Zeitlang fort, bis er die andere fand, die ihm die vielen kleinen Nachfolger zur Welt brachte, zehn kleine Negerlein, aber es ertrank das eine im Jauchekasten, da waren's nur noch neune, und es steckte Sine die Nädelchen, so dass schliesslich keiner von ihnen bauerte, aber sie trifft ihn manchmal im Dorf und da zwinkert er ihr zu, was sie inzwischen übersehen kann.

Ja, sagt Sine, da muss ich nachsehen. Blickt im Mondlicht nach unten zum schwarzen Schatten am Wiesenbord, den sie, ist sie überzeugt, noch nie gesehen hat. Geht sie also nach unten, könnte auch ein krankes Tier sein, ein Fuchs, da muss man sich in Acht nehmen, Tollwut oder so, oder ein angeschossenes Wild, jetzt wo Niederjagd ist, geht sie also sachte nach unten, den Stock in der Hand, geht sie im gespenstischen Licht des roten Mondes in die Schattenlandschaft, und es riecht nach dürrem Laub, leicht bitter pilzig nach Moder und Gerbsäure, geht sie abwärts, um nachzusehen, was dort an der Wegböschung kauert.

*

Mitten im Dröhnen ein langsames Staccato, kommt auch sie, die Frau, an seine Beerdigung und schaut, wie er tot daliegt, denn es werden die neuen feuerroten Stöckelschuhe sein, die er hört. Zum neuen feuerroten Deuxpièces mit der goldenen Kette, die ruhig, wie sie sagte, etwas grösser sein könnte, passend zu den Ohrringen. Aber Nils ist gerührt, durch seinen Tränenschleier hindurch gerührt, dass sie im Dunkeln hier herauf gestöckelt ist, muss ihn also doch noch lieben, so etwas macht man nicht ohne Liebe, im Dunkeln hier herauf, und hat vielleicht im selben Postauto wie er gesessen, verdeckte Ermittlung, wie man so schön sagt, hat sich Sorgen gemacht und ihn heimlich verfolgt, aber, denkt Nils, ich hätte sie doch sehen sollen irgendwo unterwegs, hätte mir die feuerrote Farbe auffallen sollen oder der Goldschmuck, den ich ihr zum Fünfzigsten schenkte. Aber vielleicht wollte sie nur heimlich kommen, weil sie ja vor kurzem von getrennten Wegen gesprochen hat, ist sie von ihm getrennt einen anderen Weg gekommen. Jetzt stehen alle um ihn herum, durch den Tränenschleier bemerkt er es und würde gerne genauer hinsehen, aber es rinnt und rinnt aus seinen Augen, rinnt alles zurückgehaltene Wasser von Jahren aus seinen Augen und er wundert sich, dass der Strom nicht versiegt.

*

Ein weinender Mann zu ihren Füssen. Starr steht Sine und schaut und hört und steht alles in ihr drin still. Das ständige Rad ihrer Gedanken abgestellt, das Getriebe heruntergefahren, blickt sie auf den weinenden Mann, eigentlich ein inniger Moment, dieses Herunterblicken, als verbinde sie beide etwas und Sine wüsste noch nicht, was, und wartete auf den Moment der Erleuchtung. Nur langsam kommt sie wieder zu sich, und langsam beginnt das Karussell der Gedanken zu drehen, spielt die Drehorgel eine sehnsüchtige Weise, und sie dreht sich auf dem Pferdchen im Kreis, und es steht jemand am Rand und lächelt ihr zu, bei jeder Drehung wieder und wieder, bis sie sich bückt, einige Worte murmelnd versucht, dieses Elend, den Fremdling, den schwarzen

Mann, aufzurichten, was schwierig ist, einen solchen Waschlappen aufzurichten, der wie ein nasser Sack bei jedem Versuch in sich selber zurücksinkt.

Endlich gelingt es und sie schleppt ihn irgendwie ins Haus, in ihre Stube, auf die Couch, wo er bald darauf zusammengekrümmt zu liegen kommt, der Fremde. Unpassend die Gestalt, die da liegt mit dem verquollenen Gesicht, dem wirren Haar, bartstoppelig und einem schwarzen, dezent gestreiften Anzug, nichts scheint zum anderen zu passen, so steht sie also da und die Wut überfällt sie, ihre altbekannte Wut, die immer dann auftaucht, wenn sie ungefragt in etwas hineingezogen wird. Also hinaus in den Raum nebenan in die Küche, wo vor kurzem unter dem Blutmond noch alles rot verzaubert lag, in das Reich der Düfte zu ihren gesammelten Schätzen, hinaus in die Küche mit dieser grossen Wut.

Wer hat ihr das eingebrockt, wer will ihre Nächstenliebe einer Prüfung unterziehen, benoten vielleicht, sässen sie am Richtertisch mit Bergen von Akten vor sich und würden in gestelzter Wortwahl über sie herziehen, mager, Ihre Leistung, dauerte einige Sekunden zu lang, bis Sie sich zu diesem Menschen in Not niederbeugten, Prüfung nicht bestanden. Oder wären die Ordensfrauen aus ihrer Kindheit zugegen, missbilligende Krähen, hätten sie Sine beobachtet und wären dann mit dem Text vom Weltgericht aus dem Matthäus-Evangelium gekommen, den sie als Sprechgesang im Chor rezitierten, «Geht weg, ihr Verfluchten, in das ewige Feuer», und sperrte man sie wie damals, das stumme Kind, in den Klosterkeller, dort hinunter, wo Angst und Schrecken herrschen.

Sie sollte wohl Tee aufsetzen, aber erst einmal feuern, um Wasser zu erhitzen. Lieblos wirft sie die Scheite, das Kleingehackte, streift das Zündholz an der Packung ab, das gleich erlöscht, und wieder von vorn, es dauert, dieses Feuern, noch mehr Wut, verschüttetes Wasser am Boden, natürlich brennt es nicht im Herd, nochmals von vorn die ganze Übung, so geht das. Dann die Kräutersuche und in Eile nach den unzähligen Stoffbeuteln grapschen, alle schön mit Etikette versehen, schliesslich etwas Rosmarin und Minze zum Beleben, oder doch besser ein Blättchen Fingerhut und einige zerstampfte Beeren des bittersüssen Nachtschattens, denn vergiften könnte sie den da drin, vergiften, macht aber den Tee und scheppert mit den Pfannen, mit der Tasse. Nehmt euch in Acht vor Sines Wut, und wären da wirklich welche, müssten sie sich sputen, ihr aus dem Gesichtsfeld zu eilen.

Noch immer liegt er zusammengekrümmt als Embryo in Mutters Bauch, ein erwachsener Mann. Heftig nimmt sie ihn hoch, stopft gleichzeitig ein Kissen hinter seinen Rücken und versucht erst einmal, ihm das verdammte steife Jackett auszuziehen. Er beginnt sich zu wehren, was sie erstaunt zur Kenntnis nimmt, möchte den mittleren Knopf schliessen, wohl um vor einem imaginären Chef in Achtungsstellung zu gehen, sein Schutz, sein Rückzugsort liegt in diesem Jackett, hinter dem verschlossenen Knopf ist er vor Angreifern geschützt. Seine Abwehr gerät schwach, ein zappelnder, auf dem Rücken liegender Käfer. Sine lässt ihm den Willen und hält die Tasse an seinen Mund, trinken, sagt sie und stützt die Tasse, so dass etwas Flüssigkeit in den Mund rinnt, links und rechts davon aber gleich wieder als kleiner Faden über das Kinn, den Anzug hinunter. Später, mit mehr Geduld, gelingt es, er trinkt erst zaghaft, dann plötzlich gierig und lässt sich gleich darauf wieder sinken.

Da sinkt der ungebetene Gast wiederum in eine Art Dämmerschlaf auf ihrem Liegeplatz in ihrer Stube, hat aus ihrer Tasse von ihrem Tee getrunken. Wer hat auf meinem Stühlchen gesessen, wer hat von meinem Tellerchen gegessen, man kennt die Geschichte.

Sine fühlt sich vertrieben, sitzt wiederum in der Küche und überlegt, wie sie den Mann loswerden könnte, lieber heute als morgen, was für sie heissen würde, ins Dorf abzusteigen und auf der Gemeinde Meldung zu machen, aber wer würde den da drin abholen, so schwach wie der ist, und womit würde man ihn holen, vielleicht mit einer landwirtschaftlichen Maschine, oder bliebe nur der Helikopter, Gott bewahre, solch ein Geknatter, schon der Tiere wegen lieber nicht. Sine denkt an die Marderfamilie im Schuppen, die Feldhasen unten im Gebüsch und alle anderen, den Kolkraben mit Anhang, dann denkt sie auch an den Fuchs unter der grossen Esche oder die Hirsche, die im Herbst von hoch oben langsam talwärts ziehen, dem verbliebenen Gras nach.

Eine seltsame Nacht für Sine, da zu sitzen im rot beschimmerten Raum und draussen den Schatten der Erde zu beobachten, der sich sachte über den Mond legt, als würde ein Tuch gezogen, der Vorhang nach der Vorstellung gesenkt und wäre Ruhe eingekehrt im Theater. Hinter den Samtvorhängen wäre im Bühnenraum ihr vergangenes Leben ausgebreitet, es wäre zu Ende gespielt, aus und vorbei, und es könnte nichts mehr daran geändert werden, das zerfledderte Drehbuch läge geschlossen da. So sitzt Sine allein im

Zuschauerraum und wartet darauf, dass es hell wird, um ein neues Kapitel aufzuschlagen.

*

Auf dem Jahrmarkt, an dem Ort der Zerstreuung, wo Gefühle Achterbahn fahren, wo gelacht, gekreischt und gehofft wird, nichts anderes wünschend, als im Rummel, in dieser hochgeschaukelten Stimmung, der Liebe zu begegnen, da ist auch Sine mit ihren Freundinnen unterwegs. Sie haben sich untergehakt, ganz eng, Ellenbogen an Ellenbogen, an diesem frühlingsgesättigten Abend unter den weissrosafarbenen Kerzen der Kastanienbäume. Sie sind unterwegs im Neuland ihrer aufbrechenden Gefühle, so dass sie sich aneinander festhalten müssen, um es auszuhalten, dieses kribbelnde Flattern im Bauch.

Schön sind die Mädchen, nicht nur, weil sie sich herausgeputzt haben, es ist die Schönheit der Jugend, die strahlenden Augen, das perlende helle Lachen, das Sprechen meist nur in halben Sätzen oder einzelnen in den Raum geworfenen Worten, Ausrufen oder Fragen ohne Bedeutung, so dass sie darüber erneut in Gelächter ausbrechen müssen. Und sie wissen, dass sie wahrgenommen werden, dass man sich nach ihnen umsieht, und sie werden ganz stark, weil sie zu viert sind und untergehakt, so dass ihnen nichts geschehen kann. Gleich wird zum Auftakt geblasen mit den Sehnsuchtsklängen einer Drehorgel und den schrillen Schlagern aus der Schneesturmbahn. Die verschiedenen Melodien mischen sich mit dem Lärm der Menge, tutenden Trompetenklängen kleiner Kinder samt deren Geschrei, und dieses vielschichtige Tongebilde bildet den Auftakt der sich nähernden jungen Leute. Hier die Mädchen, die plötzlich verstummt sind, und dort die Jungen, kräftige Burschen aus dem Dorf, deren Muskelspiele unter den Hemden sichtbar werden, wie sie breit daherkommen zum grossen Balztanz. Die beiden Gruppen nähern sich, lassen sich dabei nicht aus den Augen, umkreisen sich, und die Mädchen haben einander losgelassen, die Freundinnen sind plötzlich unwichtig geworden, jede ist für sich allein und sucht sich das passende Augenpaar. Sine hat es gefunden, ihr Augenpaar, dann eine Hand, die sie leicht und etwas linkisch anfasst, wollen wir, fragt er, traut sich nicht, mehr zu fragen, und da Sine nickt, gehen sie der Bahn entgegen, die gleich abbremsen wird, und sie setzen sich in die leere Gondel, er aussen, Sine inwendig, und wie die Bahn langsam zu kreisen beginnt mit der Musik, die aufdreht, *Marmor, Stein und Eisen bricht – aber unsere Li-ie-be nicht*, geht es rundum und um und setzt bereits die Fliehkraft ein, so dass er ihr der Einfachheit halber den Arm umlegen muss.

Das Glück übergiesst Sine, es wird brennend heiss in ihren Wangen und die Bahn wird schnell und schneller und es drückt sie an ihn, ihr Kopf dicht an dem seinen und alles ist Süssigkeit und Erfüllung ihrer Sehnsüchte. Dann erreicht die Bahn ihre Höchstgeschwindigkeit und im schwarzen Tunnel drückt er seine Lippen auf die ihren, so sollte es für immer bleiben, Lippen auf Lippen und eine fremde Zunge, die ihren Mund erobert. Die Bahn bremst ab, schnell aus der Gondel, den lachenden Freundinnen entgegen, hat er, fragen sie, ja, sagt Sine verschämt und immer noch hochrot im Gesicht, er hat. Sie umringen einander, stehen ganz nah beieinander und möchten noch mehr wissen, wie es gewesen sei. Normal, sagt Sine und möchte heim, mit dem Gefühl seiner Lippen auf den ihren, nach Hause unter die Bettdecke, um es nochmals und nochmals auszukosten, dieses Gefühl, das nicht in den Lippen, sondern tief unten im Bauch zu spüren ist.

*

Was war vorher, fragt Sine die Pflegemutter, was war vor dem Kloster, wo war ich da. Die Pflegemutter hat Ausflüchte, vielleicht weiss sie wirklich nichts. Ich muss doch auch Eltern gehabt haben, sagt Sine, einen Vater, eine Mutter. Die Pflegemutter, die eine gute Mutter für das Kind ist, schweigt, streicht über Sines schwarzes Haar, so schwarz wie niemand im Dorf das Haar hat, und näht weiter am neuen Kleid zur Konfirmation, weil es mit dem Katholischen nach dem Kloster vorbei war, näht sie am schwarzen Kleid. Es soll aber noch einen weissen Kragen zum Kleid geben, vielleicht mit Spitzen, schau, du kannst aussuchen, ein weisser Kragen ist immer schön und lockert das viele Schwarz auf, sagt die Pflegemutter.

Du hast Glück gehabt, dass du hier bei mir bist, sagt sie, du hast Glück gehabt, sagen die Freundinnen, Glück gehabt, sagt der Lehrer, die Nachbarn, alle sagen es. Manchmal glaubt auch Sine das mit dem Glück, aber weshalb sie es haben soll, das versteht sie nicht.

Weshalb empfindet sie dieses Glück nicht, denkt Sine, denn es ist Traurigkeit in ihr, so viel Traurigkeit, dass sie sich verkriecht an den schulfreien Nachmittagen, nein, sagt sie zu den Freundinnen, ich muss helfen, nein, sagt sie zu der Pflegemutter, ich gehe zu meinen Freundinnen, hockt stattdessen oberhalb des

Dorfes in ihrem Versteck in den Stauden auf dem gelben Stein, dem Findling, der in der Eiszeit von einer schmelzenden Gletscherzunge hier abgelegt worden ist. Es ist ihr Stein und sie kennt jede Einbuchtung und jede Kerbe darin, weil sie mit dem Finger über dessen Oberfläche streicht, wie eine Landschaft ist sie mit Hügeln, Tälern und Flussläufen, und in dieser Landschaft geht der Finger auf Reisen und wird irgendwann auf Spuren stossen. Sie lässt eigene Markierungen zurück, sollten Mutter und Vater erst später kommen, nach ihr, werden sie das Zeichen entziffern können und erfreut feststellen, dass ihr Kind ihnen vorausgegangen ist, so kerbt sie mit dem spitzen Stein ein grosses S ein, und sie werden sagen, das ist doch unsere Sine, werden sie sagen, und Sine wird wirklich ganz aufgeregt bei diesem Gedanken, wie sie so am Einkerben ist.

Pflegemutter blickt erstaunt ihre grosse Tochter an, so verstaubt und schmutzig, wie die heimkommt, auch das Gesicht verschmiert wie damals auf dem Sandhaufen, und wo sie denn um Himmels Willen gewesen sei. Sine zuckt mit den Schultern, wir hatten es lustig, und erzählt nichts von den Tränen, denn heute haben sie sich gesehen, bei einem Flusslauf, den sie nicht überqueren konnten, haben sie Sine von weitem auf der anderen Flussseite gesehen, eine Mutter und ein Vater sind es gewesen, und Sine musste so sehr weinen, wie sie sich erkannt hatten, aber den reissenden Fluss nicht überqueren konnten. Und sie schaukelt hin und her, um sich in ihrer Trauer zu spüren, dann schreit jemand, es wird die Mutter sein, die ihrem Kind etwas über den Fluss zuschreit, ich liebe dich oder so ähnlich, dann knallt eine Tür ins Schloss, oder ist es ein Jäger, der oberhalb der Stauden ein Wild geschossen hat. Sicher ist nur, dass der Knall die traurige Geschichte beendet hat und Sine zum nahen Bach eilt, um ihr verweintes Gesicht zu waschen.

*

Aufbruchstimmung auf dem Jahrmarktsplatz des Dorfes. Die Bahnen werden in ihre Einzelteile zerlegt. Waghalsige junge Männer mit langem Haar und tätowierten Armen klettern auf dem Gerippe der Schneesturmbahn herum, wo sie der Besitzer vom Boden aus dirigiert. Seltsam dumpf scheppern Eisenteile in den kalten Tag, nüchterne Geschäftigkeit liegt über dem Dorf und der Bäcker, der gestern noch seinen Fuss unter dem Wirtshaustisch der Nachbarin ans Bein gelegt hat, trägt Brote aus, die Nachbarin, die gestern Abend im Wirtshaus plötzlich ein süsses Kribbeln das Bein hinauf gespürt hat, als der betrunkene Bäcker sich an sie ranmachte, entstaubt die Wohnung, der Bauernbursche, der soeben noch seine Zunge im Mund des schwarzen Mädchens hat kreisen lassen, wirft den Strohballen wuchtig ins Läger der Kühe und die geküssten Mädchen fragen sich, weshalb sie sich von denen haben küssen lassen.

Schulfrei heute, die Freundinnen gehen nochmals auf den Platz der Schausteller wegen, der Blonde dort hat mir in die Augen geschaut, mir gefällt der Krause dort oben besser, schau mal seine Muskeln, wenn der mich umarmen würde, tut er aber nicht, so lachen und drehen und wenden sich die Mädchen vor den Arbeitern, schubsen sich gegenseitig an und stossen deswegen oder warum auch immer schrille Schreie aus oder versuchen es mit ein paar tänzerischen Schritten, so dass die Bewunderten schon mal einen Pfiff nach unten schicken zu den süssen Kleinen, bis der Meister dem Spiel ein Ende macht und das Dorfpack wegschickt, weil viel zu gefährlich, sonst kommt ihr mir noch unter ein Eisen.

*

Verwegen sind die Mädchen geworden, man könnte doch noch zu den Zigeunern dort hinten, wo ihr Lager seit einigen Tagen steht mit den Wohnwagen und den breiten Limousinen, könnte man doch, nur vorüberspazieren und ein wenig schauen. Sie wissen sich einiges zu erzählen über das fahrende Volk, wir haben auch ein Messer gegeben zum Schleifen, aber Vater hat gesagt, eines, wo es nicht schad wär drum, wenn es nicht mehr hauen würde, wir eine Pfanne, und wir haben Kupferzeug gekauft, aber Vater sagte, es sei Betrug und das Kupfer dünn wie Papier. Und die Zigeunerinnen hätten so schöne Röcke, manchmal mehrere übereinander, so dass die Mädchen wieder in Gelächter ausbrechen müssen, jedoch still werden in der Nähe der Frauen, die draussen irgendwelchen Geschäften nachgehen, mit Töpfen hantieren, da halten sie sich wieder aneinander fest und wollen eilends vorübergehen. Da bückt sich Sine nach einer Goldmünze, die am Boden liegt, ihr so ins Auge sticht, dass sie diese aus der festgetretenen Erde klaubt und den Frauen übergeben möchte, doch die Freundinnen halten sie zurück, behalt die doch, aber Sine reisst sich ungeduldig los und geht den Frauen, die sich in eine Reihe gestellt haben, entgegen.

Sine steht vor ihnen, auf der ausgestreckten Hand die Goldmünze. Die aufgereihten Frauen bewegen sich Sine entgegen, bis die Reihe zum Halbkreis geworden ist. Sie blicken nicht auf die Hand, sie blicken in das Gesicht des Mädchens, aufmerksam blicken sie, als würden sie dort etwas entdecken. Mit einem kurzen Befehl wird ein Kind losgeschickt, irgendwohin, dann scheinen die Frauen zu warten, auch Sine wartet, von weitem warten die Freundinnen, eine versucht nach Sine zu rufen, aber das Wort bleibt ihr im Mund stecken und alles verharrt und wartet, die Vögel haben aufgehört zu singen, Stille auf dem Dorfplatz, nichts scheint sich zu regen, eine Momentaufnahme, die in Bewegung gerät, wie eine alte Frau aus einem der Wagen steigt, mühsam die Treppe herunter, und jetzt sieht man es gut, eine Steinalte mit offenem, beinahe weissem Haar, sie kommt langsam näher, bewegt sich dem Bild von Zigeunerweibern und der davorstehenden Sine entgegen. Alles läuft nach einer festgelegten Choreografie ab, Kreis öffnen, schliessen, Auftritt der Hauptperson.

Immer noch Stille auf dem Platz, zwei Menschengruppen, die Dorfmädchen, die Zigeunerinnen. Wohin gehört Sine, im Rücken das Dorf, vor sich die Wagen der Fahrenden. Auf ihrer ausgestreckten Hand die Goldmünze, sie hat nichts zu tun mit dieser Münze auf ihrer Hand, die schwer wird, weil sie so viel wiegt und an Gewicht zuzunehmen scheint, hängt ihr Arm deshalb bleischwer von der Achsel und wird nächstens von ihr fallen, auf den Kiesplatz, dort werden ein Arm und eine Münze liegen, die nicht zu ihr gehören, und vor ihr die Alte mit der schrumpeligen Haut, von der Sonne dunkelbraun verfärbt, oder Schmutz, vielleicht der Schmutz von Jahren, Jahrzehnten, so eine hässliche Alte, die immer näher kommt, bis Sine ihren Atem riechen kann, so nah kommt sie heran und schubst Sines Hand mit der Münze weg, so dass diese zu Boden fällt. So steht sie mit leeren Händen vor der Alten und möchte nur eines, auf und davon, scheint aber verzaubert zu sein und wundert sich gar nicht darüber, sondern es passt alles zusammen und Sine weiss plötzlich, dass da noch etwas kommen wird.

Und wirklich streckt die Alte ihre Hand aus, lässt diese hochfahren, Sines Gesicht entgegen, die den Schlag aus dieser klauigen Vogelhand erwartet, die aber an ihre Zöpfe greift, das Haargummi abstreift und beginnt, Sines Haar zu öffnen, zopft es aus, Teil um Teil zopft sie es aus, mit grosser Aufmerksamkeit, fährt dann mit den Fingern durch das offene schwarze Haar. Legt dieses schön zurecht, lächelt dabei und legt es mit grosser Zartheit, Strähnchen um Strähnchen legt sie es um Sine, ummantelt diese mit dem Haar, so dass es schön aussieht, und Sine, die sich entspannt hat unter den Händen der Alten, sieht erstaunt, dass sie den Frauen beginnt zu gleichen, sich den Zigeunerinnen angeglichen hat, dasselbe Schwarz der Haare, die ausgeprägten Wangenknochen, die schwarzen Pupillen, darüber breite Augenbrauen, so bemerkt sie erstaunt ihre Ähnlichkeit mit den Zigeunerinnen. Und wie sie in das Gesicht der Alten schaut, wie sie sich traut, dies zu tun, sieht sie das Wasser in den Augen der Alten, zwei schwarze bis zum Rand gefüllte Seen, die gleich überlaufen werden.

Dann wendet sich die Alte, eine der Frauen bückt sich nach der Goldmünze und drückt diese in Sines Hand. Der Spuk ist vorüber, Sine steht allein auf dem

Platz, wo sie gleich von den Mädchen umringt werden wird. Die spinnt ja, die Alte, sagen sie.

*

Unterhalb des Dorfes das Moor, eine riesige Fläche Sumpfgräser über dem Wasser schwebend, so erscheint es Sine, wenn sie über die Fläche geht und sich auf dem schwankenden Grund den Weg sucht, sorgfältig und langsam, um nicht in eines der schwarzen Moorlöcher zu treten. Sie liebt diesen verwunschenen Ort, sie liebt das Rascheln in den Seggenhorsten, sie liebt es, zu warten, eins zu werden mit dem Schilf, dem Wasserhahnenfuss und den Seerosen, bis die Tiere kommen, bis sie ihre Scheu verloren haben und Sine als dazugehörig betrachten.

Sine wartet, sie hat alle Zeit der Welt, hat Pflegemutter mit einer fadenscheinigen Ausrede abgewimmelt und die Freundinnen auf ein anderes Mal vertröstet. Nun kauert sie auf dem feuchten Grund und blickt in eines der schwarzen Löcher, wo gleich die Wasserläufer ihren Tanz beginnen und die Kaulquappen mit den zu kleinen Froschbeinchen sich die Zeit vertreiben bis zu ihrer Auferstehung. Noch regt sich nichts im Wasser, nur ihr Spiegelbild, das von kleinen Windstössen gestört wird, sich auflöst, um gleich darauf wiederzuerstehen.

Und wie die Angst, nirgends dazuzugehören, nach Sine greift, kommen sie aus ihren Verstecken hervor, um dem verzagten Kind beizustehen. Sie machen es so, wie sie es können, fröhlich flügelschlagend die Wildenten, surrend das Insektenvolk, allen voran die königinnengleichen, hellblau geflügelten Libellen, an Ort flirrend und tändelnd. Und da es schwer ist, auf dem harthalmigen Moorboden zu gehen, muss es fliegen oder schwimmen, und wirklich, feuchtglitschig bewegt es sich vor ihr im Moorloch, schlängelt eine grau silberne Wassernatter mit dem freundlichen Gesichtchen eines Fabeltieres vorüber, zappeln aufgeregte Jungfrösche dem Ufer entgegen und zeigt sich ein Feuersalamander von seiner schönsten Seite, so dass auch Sine eins werden möchte mit diesen kühlen Feuchten, eines der ihren werden und sich nicht länger sehnen, kopfüber möchte sie sich, so wie sie ist, ins Wasser gleiten lassen. Leicht und geschmeidig.

*

Wie lange liegt er schon da, in diesem lichtlosen Raum, oft nur vom Feuerschein aus der Küche mit einem rot flirrenden Glanz versehen? Wie lange liegt er schon im Bann dieser Frau, die nicht nur tags, sondern auch nachts durch seine Träume eilt? Er kann sich nur in Bruchstücken erinnern, wie er an diesen Ort geraten ist, aber die Frau war dort, von der er zuerst meinte, es sei seine, aber die hätte ihn nie so gewaltig hochheben können mit ihren zarten Händen und den gestylten Fingernägeln, die wären abgebrochen beim Hochheben, sie hätte die Ambulanz gerufen und das wäre ihm auch lieber gewesen, in einem weissen Spitalbett zu liegen, umsorgt von liebevollen Krankenschwestern und besorgten Ärzten, hätte er ein Einzelzimmer und an der Decke den Fernseher gehabt und seine Frau wäre dagewesen und hätte gesagt, was machst denn du für Sachen, und würde, er lächelt, auf die Uhr sehen, weil sie ja müsste, seine Frau, sie wäre ihm lieber gewesen, als in den Klauen dieser Alten, von der er, ist er überzeugt, ihr Gefangener ist. Wie er es hasst, wenn sie jeweils kommt, fragt, ob er austreten müsse, ihn auf die eisige Toilette schleppt und danebensteht, um ihn zu stützen, so peinlich, dass es manchmal gar nicht kommen will und sie ihn anfährt, ob er eine Blasenentzündung möchte. Möchte er natürlich nicht, hofft aber, bald selber Kraft zu haben, auch um sich hinten zu putzen, stellen Sie sich nicht so an, sagt sie jeweils. Er ist ihr Gefangener, sie wird ihn auffressen, wenn er dick genug ist, essen Sie, sagt sie, essen Sie, und er sollte das Zeug essen, essen Sie, und füttert ihn, hat auch schon wütend mit dem Löffel, so richtig mit Gewalt, seinen Mund geöffnet, um die Suppe einzuschütten.

Etwas mit Wasser. Er hört es gut, dass sie mit Wasser hantiert, es plätschert und er würde sich nicht wundern, flösse plötzlich ein Bach durch ihre Küche, und weil er sehen möchte, woher das Geplätscher kommt, richtet er sich auf, versucht, den Kopf auf den angewinkelten Arm zu legen, damit er sehen kann, was da läuft. Denn die dort drüben in der Küche ist immer wieder für Überraschungen gut. Er hat schon gesehen, dass sie barfuss hin und her eilte, beladen mit getrocknetem Heu, Kräutern oder was auch immer, vor sich hin summend, und die Hälfte von dem Zeug fiel zu Boden, so dass sie später auf den Knien rutschend versuchte Ordnung zu schaffen, die Halme einzeln zusammenklaubend, dass es ihn ekelte, an so einem Ort zu liegen in Schmutz und Staub, und er hat es ihr heute Morgen gesagt, dass er weg will und sie solle doch seiner Frau telefonieren. Da hat sie ihn nur spöttisch angesehen, die wird sich freuen, und momentan sei der Weg nicht befahrbar und runterlaufen könne er in seinem Zustand auch nicht, und Telefon habe sie auch keins, und es fehlten ihr Zeit und Lust, hinunterzustapfen in dieser Nässe, und sie wüsste schon, dass man eigentlich zur Polizei gehen müsste, er werde sicher vermisst, aber die Fragereien der Behörden müsse sie schon gar nicht haben. Punkt, damit war die Sache erledigt, so dass ihm beinah die Tränen kommen ob seiner Hilflosigkeit.

So stützt er sich also auf den Arm und blickt durch den Türspalt in die Küche, die nur vom flackernden Feuer aus dem Herd, wie er vermutet, leicht erhellt ist, eine unruhige, gespenstische Helligkeit, als würde diese verwischt und daran gehindert, sich auszubreiten. Jetzt weiss er, dass sie irgendwo dort drinsteht und sich wäscht. Er versucht sich vorzustellen, wie das Wasser über ihre Schulter, den Rücken, die Beine hinunterfliesst. Es muss Gänsehaut geben vom kalten Fliessen, denkt er. Die Gedanken daran lassen ihn nicht mehr los und die Alte wird plötzlich zur Frau, zu einer Frau mit langem Haar, mit Brüsten und Hüften, sie wird zu einer Frau, die sich im Dunkeln wäscht, damit er es nicht sähe, da verspürt er plötzlich Lust, mit dem ausgebreiteten Tuch dazustehen, um sie darin einzuwickeln.

*

Sie werde ins Dorf hinuntergehen, um auf dem Polizeiposten zu melden, dass er hier sei. Da steht die Frau vor ihm mit dem Krug Tee, mit Brot und Käse und einer Art Pfanne, da solle er hineinmachen, wenn er müsse, es werde dauern, bis sie zurückkomme, und er solle das Bett besser nicht verlassen, er könnte ja stürzen und irgendwo ohnmächtig zu liegen kommen, dann flüstert sie noch etwas von nichts als Ärger, stapft in die Küche, wo sie es rumpeln und krachen lässt, sich vermutlich schwere Schuhe anzieht und das Haus mit einem heftigen Knall verlässt.

Er soll das Bett nicht verlassen, hier der Schlüsselbund zur Aufbewahrung, er soll sich nicht rühren und nicht auf die Idee kommen, verschlossene Türen zu öffnen.

Die Jungfrau Maria gibt dem Kind den Schlüsselbund, es darf alle Türen öffnen, nur die dreizehnte nicht, aber das Kind öffnet auch die dreizehnte Tür im Himmel oben und dort ist Gottvater und so viel Licht und Glanz drin. Der Finger ist aber golden geworden vor lauter Glanz, und wie die Jungfrau Maria heimkommt, versteckt das Kind die Hand mit dem goldenen Finger hinter dem Rücken. Nein, sagt es, ich habe die dreizehnte Tür nicht geöffnet. Man kennt die Geschichte, und da das Kind sich später mit einem Königssohn vermählt, aber weiter lügt, nimmt die Jungfrau Maria ihr die neugeborenen Kinder weg, eines nach dem anderen, erst auf dem Scheiterhaufen, wo man die Königin hinbrachte, weil man der Überzeugung war, sie habe ihre drei Kinder gefressen, erst auf dem Scheiterhaufen beim Züngeln der ersten Flammen gibt sie zu, gelogen zu haben, und die Jungfrau Maria gibt ihr die drei Kinder zurück.

Er soll nicht auf die Idee kommen, verschlossene Türen zu öffnen, er soll das Bett nicht verlassen, soll er nicht, oder möchte er es versuchen, die Beine unter der Federdecke leicht hervorgleiten zu lassen, sich von der Bettwärme entfernend, gleichzeitig in Seitenlage drehen, mit dem Ellenbogen aufstützen, sich aufrichten, bis er an die Bettkante zu sitzen kommt, so dass ihm vor Anstrengung der Schweiss ausbricht und er sich vorerst ausruhen muss, bis sich der Herzschlag beruhigt und der Schweiss getrocknet ist. Aber der Schlüsselbund warm in der Hand und die verbotene Tür lockend, es könnte das Geheimnis um die seltsame Frau darin aufgeschlüsselt und erklärt werden und er würde alles begreifen, müsste sich aber fortbewegen können, was er jetzt gleich versuchen wird, sich aufzurichten, bis er auf seine Füsse zu stehen kommt und feststellt, dass die ihn nicht tragen wollen, dass er zu zittern beginnt vor Anstrengung. Also wieder an die Bettkante mit ihm. Kriechen, er könnte kriechen, zu Kreuze kriechen, ist ja schon öfters im Leben gekrochen, lässt sich also hinuntergleiten und erkriecht sich mit dem Schlüsselbund in der Hand den Boden aus breiten tannenen Brettern, wo er sich in Acht nehmen muss, keinen Splitter in die Hand oder das Knie zu kriegen, so rau ist das Holz, wurde wohl tausende Male mit der groben Bürste gefegt, wie es scheint, er sieht die Frau vor sich, wie sie mit Schmierseife fegt und fegt und nie fertig wird.

Aber da ist endlich die verbotene Tür, und wenn er sich aufrichtet, wird er sie öffnen können. Welche Enttäuschung, ein leeres Zimmer, er hätte sich so gern an den Möbeln entlanggehangelt, weil es ihm immer so schnell schwummrig wird, von der Truhe zum Tisch, vom Schrank zum Stuhl und weiter, und hätte alles genau betrachten können, wie die Alte so lebt. Er hätte seine Schlüsse gezogen von der Einrichtung des Zimmers auf die Bewohnerin. Hätte viel über sie erfahren, eigentlich alles, und ein neues Bild über sie wäre vor ihm entstanden, so dass er sich nicht mehr fürchten müsste vor ihr. Aber nochmals eine Tür an der rückwärtigen Wand, die in ein leeres Zimmer führt.

Wie viele leere Zimmer hat er nun schon durchschritten, wobei das Wort durchschritten masslos übertrieben ist, durchtaumelt, durchkrochen, wie ein Halbblinder, der ausgesetzt in einem Hochtal sich den Weg durchs Geröll ertasten muss. Jetzt bleibt noch ein Schlüssel übrig, der dreizehnte, und aus dem Märchen weiss er, dass er gerade diesen dreizehnten keineswegs benutzen dürfte, aber weiss auch, dass er es tun wird, so wie alle es tun würden, also ins Schloss damit und umdrehen, Klinke drücken und öffnen. Im düsteren Raum kann er zuerst nichts ausmachen, vielleicht ein diffuses Blinken an der gegenüberliegenden Wand. Ein Spiegel, es ist ein Spiegel, eingefasst in einen goldenen, mit üppigen Mustern verzierten Rahmen. Davor steht eine Frau, die sich wäscht. Er sieht sie von hinten, ihren schön geformten Körper, er sieht sie gleichzeitig von vorn, ihre hoch aufgerichteten Brustwarzen, das schwarze Vlies zwischen den Beinen. Das Bild ist so schön, dass er weinen könnte, so schön ist es, dass er seine Arme ausstreckt, der nackten Schönen entgegen, die sich aber erschreckt über sein Kommen umdreht, und er blickt in ein verrunzeltes altes Gesicht mit eingefallenen Lippen, hohen, harten Wangenknochen, hervortretendem Schlüsselbein und welken Brüsten, so faltigen Anhängseln, und unten, zwischen den Beinen, ein struppiges Wolfsvlies, grau und hässlich, so dass er sich schämt ob seiner Sehnsucht nach diesem Weib, wie konnte er nur. Da versucht er, sich abzuwenden, aber sie hat eine knöcherne Hand auf seine Achsel gelegt, schüttelt und schüttelt ihn, bis er aus dem Traum erwacht und sie sagen hört, wir haben zu tun, morgen kommt Ihre Frau, und er versteht zuerst gar nicht, welche seine Frau, bis ihm die roten Stöckelschuhe in den Sinn kommen.

*

Es nachtet ein am Berg. Schwarz die Silhouette eines Hauses, schwarz die kahlen Äste der Bäume, auffrischend der Wind von Norden. Schneeluft. Drinnen im Haus knisternde Wärme, flackernder Feuerschein, wallender Dampf über dem Herd.

Warmes Wasser auf kalter Haut, mit Seife zu Schaum verwandelt, zu diesen winzig kleinen Bläschen, die aus Feuchtigkeit und Luft bestehen, die dem Wasser das Fliessen, der Luft den Wind aus den Segeln nehmen, die sich wohlig auf der fröstelnden Haut anfühlen. Und von der Frau verteilt, verrieben und einmassiert werden mit sanft streichenden Bewegungen, bis der Hals, der Rücken oder die braun behaarte Brust glatt und weich geworden ist, so dass es schade ist, mit dem feuchten Tuch das Schmierige wegzuwischen. Aber die Frau findet es schön, beim Trocknen mit dem weichen Tuch den Rippenbögen nachzufahren, den Knöchelchen der Wirbelsäule oder der Ebene des Schulterblattes. Sie findet es schön, die Landkarte der Haut zu erkunden mit den Hügeln und Tälern und den sperrigen grasähnlichen Haaren. Sie findet es schön, sein Geschlecht so zart eingebettet zu sehen, dass sie sich niederbeugen möchte, um es zu küssen, erschrickt aber über ihre Rührung und setzt dem ein Ende mit plötzlich einsetzenden Befehlen, so dass auch er erschrickt und aus dem wohligen Taumel erwacht. Helfen Sie doch etwas mit, ich mache das nicht zum Vergnügen, giftet sie, hilft ihm auf den danebenstehenden Stuhl, reisst das Bettzeug herunter und holt frisches, noch neuwertiges aus dem Schrank, weiss mit roten im Rosengang gewobenen Mustern und, man sieht es, nur selten gebraucht. An den Ecken mit ebenfalls in rot gestickten Initialen versehen, Kreuzstich. Er flüstert «danke», wie er in diese ihm fremde Herrlichkeit zu liegen kommt, damit er nicht mehr daran denken muss, was ihm geschehen, woher die Erschöpfung und ob sein Chef ohne ihn klarkommt, wie die Aktien stehen und wie er wohl so schnell als möglich hier weg kommen könnte.

*

Das Mädchen sitzt im Stroh und wärmt unter ihrer Jacke das zu früh geborene Lamm. Es stösst jammernde Laute aus, daneben antwortet blökend das Mutterschaf. Von Zeit zu Zeit öffnet das Mädchen Jacke und Mieder, nimmt das Kleine aus der Wärme ihrer Brust und schiebt ihm die Zitze der Au in das winzige Maul, damit es einige Schlucke Biestmilch zu sich nehmen kann. Sie hätte es am liebsten an ihre Brüste gelegt, damit es dort drinnen an der Wärme hätte saugen können, aber da ist noch keine Milch drin, das wird noch dauern, trotzdem, der Gedanke wäre schön, auf der einen Seite das Kind, auf der anderen Seite das Lamm.

Das Lamm schläft. Sie rückt das Talglicht näher, nimmt das rote Garn, den Stoff zur Hand und stickt weiter. Ihre Initialen in Kreuzstich, *RG,* sie fasst oben von rechts nach links zwei Fäden, zieht die Nadel durch, dann zwei Fäden weiter unten wieder deren zwei von rechts nach links, so stickt sie Kreuz an Kreuz, in streng vorgeschriebener Ordnung nach Faden und Zahl. Auch sonst muss alles seine Ordnung haben, geheiratet wird, wenn die Aussteuer fertig gewoben und bestickt ist, erst dann wird er sich ihr nähern dürfen, das Herumgeplänkel davor zählt nicht, beeil dich, hat Mutter gesagt, beeil dich, hat Schwiegermutter gesagt, beeil dich, sagt er ungeduldig, bald wird sie unter ihm stillhalten wie die Kuh beim Stier, dann wird sie die Zöpfe hochbinden und die schwarze Haube überstreifen, in das Haus ihrer Schwiegermutter ziehen und deren Lastesel sein, ihr die gewünschte Anzahl Enkel gebären, seine Launen ertragen und seine Schläge, sie wird in den Keller nach Most, auf den Dachboden nach dem Schinken rennen, schuld an der missratenen Ernte sein, an den missratenen Kindern, wird den gebrechlichen Schwiegervater pflegen, sich von ihm eine Hexe nennen lassen, und geduckt wird sie umhergehen, aber heute Abend wird sie nicht, wenn der Knecht kommt, wird sie nicht nein sagen, das Lamm sorgfältig der Au hinlegen und das Mieder für ihn öffnen, und sie weiss, dass er sich dort festsaugen wird wie ein Kleines, und wenn sie unten dann feucht und heiss werden wird, wird sie ihn auch dort empfangen wollen als ihren Liebsten.

Nein, sagt das Mädchen nach der Kirche zu ihm, nein, sagt sie und spielt die Macht aus, die sie nur jetzt bei der Fertigstellung der Aussteuer hat, nein, die Initialen sind noch nicht fertig gestickt, es wird noch dauern, sagt sie in sein wütendes Gesicht hinein. Und zieht den roten Faden der missratenen Stickerei auf und wieder auf und hofft, mit der Arbeit nie fertig zu werden.

*

Spürt Sine nicht ein leichtes Beben unter ihren Füssen, da fällt es ihr ein, dass sich eine Mure lösen könnte, nass genug wäre es, würde die Anrissstelle einige Meter weiter unten gegen den Bach hin liegen und käme der ganze Hang ins Rutschen. Könnte sein, dass sie ein Beben spürt, aber sie fände es schade um die schönen Magerwiesen, um die seltenen Blumenbestände mit den dunkelroten Enzianen, den Skabiosen, den Orchideen und den Betonien, es wäre auch traurig um die unzähligen Tiere, die ihre Heimstatt verlieren würden. Sie stellt sich vor, wie die Mäuse und Schmetterlinge, wie der Fuchs und die Hasen gleichzeitig mit dem Spüren des Bebens aus ihren Winterquartieren, aus ihren Höhlen und Nestern hervorbrechen, in einer unbeschreiblichen, elementaren Angst, und nicht lange studieren, wie es die Menschen täten, die erst mal ein Büro für Katastrophenhilfe oder irgendwelche Notunterkünfte erstellten, nein, sie hätten nur den einen Gedanken im Kopf, den der Flucht. Wie sähe das aus, denkt Sine, wenn sich all das Getier den Berg hinunterstürzte. In einer riesigen Flatterwolke die Insekten, ein ganzer Schwarm, dass die Leute im Dorf unten sich die Augen rieben und um ihre Felder fürchteten, wie sähe das aus, wenn die Füchse und die Schneehasen, wenn die Mäuse, zwar noch etwas schlaftrunken von ihrer Winterruhe, wenn sich alle gleichzeitig den Hang hinunterstürzten, in der Hoffnung, schneller zu sein als die Mure. Es wäre ähnlich wie während der grossen Flut, der Geschichte aus der Bibel, wo sich jeder einen Platz in der Arche sichern wollte. Von jedem Tier zwei, so kann sich Sine den Ansturm gut vorstellen, mit der Arche dort unten im wilden Fluss, die schliesslich vom hohen Wasserstand mitgetrieben würde.

Einzig um das rote Fahrzeug, den Muli des Bauern dort unten am Hang, der sich Kehre um Kehre nach oben windet auf dem durchnässten Boden, darum wär es nicht schade. Denn da wird die Frau drin sitzen, da käme die Mure grad recht, um Fahrzeug, Lenker und Mitfahrerin in die Tiefe zu reissen.

Mit aufgesetzter Trauermiene wäre sie in die Stube getreten, etwa so, wie der Gockel jeweils vor seinen Hennen stolziert. Er hätte ihr angesehen, dass etwas geschehen wäre. Sie hätte ihn gebeten, sich wieder hinzulegen, und hätte gesagt, regen Sie sich nicht auf, es ist etwas Schlimmes geschehen, Ihre Frau wird nicht kommen, und er hätte nur ein Wort gesagt, tot? Da nähme Sine ihn in die Arme, um ihn, den Witwer, zu trösten, hätte aber mitten in den Trostworten etwas lächeln müssen.

Beim Bach geht die Fahrt nicht mehr weiter, weil die Brücke mit den morschen Brettern keine Fahrzeuge mehr erträgt. Das sollten Sie ausbessern lassen, hat ihr der Gemeindepräsident ausrichten lassen, ja, wenn der selber gekommen wäre, hätte sie mit sich reden lassen, aber so, von Drittpersonen zugetragen, lässt sie sich nichts befehlen.

Sine sieht, der Bauer ist ausgestiegen und öffnet für die Frau die Kabinentür. Sine reibt sich schadenfroh die Hände, denn die Frau wird den Bauer bitten, über die Brücke zu fahren, und wirklich, er gestikuliert, zeigt auf die Brücke, hebt bedauernd die Achseln und zeigt auf Sines Haus. Dann hilft er der Frau aus der Kabine. Mit solchen Schühlein will die durch den Morast und gekleidet den Umständen entsprechend mit langem Mantel, dass Sine kichert und flüstert, Kamelhaar.

Dann geht Sine der Frau entgegen.

*

Silberne, flüstert die Frau. Sie greift mit der rechten Hand nach oben, streckt den Zeigefinger aus und fährt langsam unter ihre seitwärts geflochtenen Haare. Da liegt die Echse geringelt in der warmen Kuhle des Halses. Silberne, flüstert die Frau, ich schaffe das nicht allein.

Zu spät. Die Silberne ist bereits nicht mehr erreichbar. Schon gar nicht mit Worten. Starr wird sie den Winter verbringen. Jetzt wird die Frau die roten Beeren pflücken müssen. Bittersüss, lateinisch: *Solanum Dulcamara,* 30-150 cm hoch, oft kletternd. Stängel unten holzig, kantig kahl oder behaart. Blätter breit, eilanzettlich, am Grund oft herzförmig. Blüten in gestielten, rispigen Blütenständen. Krone violett, mit kurzer Röhre und ausgebreitetem bis zurückgeschlagenem 5-teiligem Saum, Durchmesser ca. 1 cm, Staubbeutel zu einer Röhre verwachsen, gelb. Frucht: eine leuchtend glänzend rote, eiförmige Beere, ca. 1 cm lang. Ganze Pflanze sehr giftig!

*

Sturmwind in Sine, Sturmwind über dem Berg. Es ist derjenige Sturm, der gegen alles Beständige wütet, durcheinander rüttelt, in Schieflage bringt und unsicher erscheinen lässt. Woran soll man sich festhalten? Vielleicht am Seilende, das sie in Händen hält, denkt Sine.

Woran soll sie sich festhalten, wenn nicht an diesem Seil, und sie kann es nicht locker und leicht durch die Finger gleiten lassen in diesem Sturm, sie krallt sich daran, als letzte Sicherheit ihres Lebens. Eingebunden in diesem Seil gesammeltes Holz, Äste und Ruten, zum

Anfeuern gedacht. Irgendwie sollten die Bündel heim in die Scheune ins Trockene gebracht werden. So hält sie sich denn an diesem Seilende fest, obwohl gerade ein Moment der Ruhe herrscht, zu schön, um wahr zu sein, dieser Moment der Stille, der Einkehr. Aber sie spürt das Warten, spürt es im Kleinen und im Grossen, im dürren Gras und in den hohen Erlen, alle warten, denn sie wissen, dass er nur Luft holt dort oben hinter dem Gipfel, mit weit aufgesperrtem Rachen aufsaugt und saugt, bis er beinah platzt, dann lässt er es als Spiel hinuntersausen, das Eingesogene, in einem gewaltig brausenden Windstoss, dass es pfeift und dröhnt und schon mal eine Tanne mitsamt dem Wurzelstock wie ein Zündholz den Abhang hinunterschleudert.

Mit Wehmut denkt Sine an den vergangenen Frühling, als sie gleich nach der Schneeschmelze begann, die Wiesen von Steinen und Hölzern zu räumen. Linkerhand hatte eine Gämsherde an den frischen Grastrieben geknabbert, violette und weisse Krokusse hatten die Wiesen in eine Märchenlandschaft verwandelt und Vögel hatten ihre Angebetete besungen. Der Berg war überflutet von frühlingshafter Zartheit, und sie hatte sich gebückt nach den vom Sturm abgebrochenen Ästen, diese zum Teil mit Gertel oder Fuchsschwanz zerkleinert, auf einem geschichteten Steinhaufen zum Trocknen gestapelt, und da musste sie an die Blindschleichen, die Schlangen und das Ameisenvolk denken, die den Haufen im Lauf des Sommers als ihre Wohnung beanspruchen würden, und Glück verspürt über ihr einfaches Leben hier oben.

So schleppt Sine also Bündel um Bündel abwärts dem Haus entgegen und versucht sich das Treffen vorzustellen, hatte sie doch vor kurzem nach einer kühlen

Begrüssung die Frau in die Stube zu ihrem bettlägerigen Mann geschubst, die sollen selber schauen. Verbissen schreitet Sine aus mit dem holpernden Astbündel hinter sich, während der Sturm in ihre Kleider fährt, diese aufbauscht, als würde er sie nächstens mittragen wollen.

*

Frisch gewaschen, in sauberer Bettwäsche, gekleidet in einen ihrer Pyjamas, liegt Nils in einer wohligen Schwachheit auf dieser zum Bett umfunktionierten Couch und wartet. Die Geräusche rundum haben ihm einiges gesagt, erst ihr Poltern, wie sie wohl in ihre Bergschuhe geschlüpft ist, dann kräftiges Ausschreiten und heftiges Zuschlagen der Haustür und, wenn er richtig gehört hat, eine Art Schimpfwort. Dann der Motor eines Fahrzeugs, sich langsam nähernde Schritte, Stimmengemurmel, das Öffnen der Haustür, dort durch die Küche, komme später, kurze, befehlsmässig hingeworfene Worte, sehr unfreundlich, und jetzt das Stöckeln, die Schritte seiner Frau, an denen er sie gleich erkennt. Am Staccato ihrer Schritte würde er sie aus Tausenden erkennen, ebenso vertraut ihr perlendes Lachen, ihr Ideenreichtum und ihre Gabe, sich mit schönen Dingen zu umgeben, die Wohnung mit den skandinavischen Stilmöbeln und die schönen Kleider, ihre selbst entworfenen Deuxpièces sind ebenso Kult bei ihren vielen Freundinnen wie ihre Schuhauswahl. So stöckelt sie also her, dass er den Blick seitwärts liegend auf ihre Schuhe richtet, es sind die schwarzen mit niedrigen Absätzen, die sie, seine Frau, jeweils zum Einkaufen trägt, er lässt den Blick hinaufwandern über das Schwarze, höher und höher bis zu ihrem schönen Gesicht, gleich wird sie sich über ihn beugen, über ihn, den Versager, aber sie steht immer noch und er bemerkt es, in einer Art Fassungslosigkeit steht sie und schaut, aber nur kurz, zu ihm herunter, dann schaut sie starr an die Wände, dreht sich um und um und starrt immer noch und stösst dann aus, und er hört es, es kostet sie Überwindung zu sprechen, ich fasse es nicht, stösst sie aus, beugt sich doch noch herunter, Chanel 5, und gibt ihm die leichte Andeutung eines Kusses, und jetzt weiss er, dass es gleich losgehen wird, und wäre er im Theatersaal, könnte er sich vielleicht lächelnd zurücklehnen, um zu geniessen. Er hatte doch einmal mit ihr zusammen ein Ein-Frau-Stück gesehen, so eine Art Monolog. Zurücklehnen? Er liegt schon und möchte nichts hören, einfach nur froh sein, dass sie da ist, da streckt er die Hand aus, es könnte ja sein wie damals, streckt er sie aus, aber da beginnt es, eine Zumutung, ihn in diesem Staub einzubetten, in dieser schrecklichen Bettwäsche, die Wände mit schmutzigen Heusträussen behangen, sie sehe es gut, Spinnennetze in jeder Ecke und wie das Badezimmer sei, das wolle sie gar nicht sehen, den Lebensmittelinspektor sollte man, und wie man ihn, Nils, da wieder wegbringe, sei ihr ein Rätsel, ein grosses Rätsel, sie fasse es nicht, fasse es nicht, und sie müsse sofort, aber wo ist denn die scheussliche Alte, die verantwortlich sei, und überall das Holz, das werde von Käfern nur so wimmeln, jetzt ergreift sie kurz seine Hand, ich werde dir nach der Diagnose der Ärzte den besten, den besten Platz in einem Erholungsheim, aber wie er denn hier herauf geraten sei, ebenfalls ein Rätsel, und sie rätselt weiter und spricht und spricht.

Nils versucht den Sätzen zu folgen, sie kommen und gehen in Wellen, einzelne Worte schwappen über aus dem Meer von Worten und erreichen unter Anstrengung sein Ohr, bevor sie wieder zurückschwappen. Er denkt sogar, dass er selbst im Wasser steht, bis zu den Ohren, und deshalb Schwierigkeiten hat zu verstehen. Das Wort Helikopter kommt ganz herüber und schlüpft in seinen Gehörgang, dann das Wort REGA, dann Arzt und nochmals Arzt, Untersuch, Liege und Schmerzen jagen sich in schneller Folge, *schwapp* und *schwapp* entleeren sie sich in sein Gehör, es muss ein Unfall geschehen sein, denkt Nils, wie er den Worten nachsinnt, will sie ihm von einem Unfall erzählen, hast du Schmerzen, brüllt sie jetzt ganz nah, ganz nah an seinem Ohr, so dass er lachen muss, er doch nicht, sagt oder brüllt er zurück. Er muss das tun wegen der starken Brandung. Jetzt beginnt die Frau zu schluchzen, er versucht sich aufzurichten, es kommt schon gut, sagt er zu ihr und hofft, sie setzte sich hin, vielleicht auf seine Bettkante.

Da geht endlich die Tür und Nils hat in den vergangenen Tagen gelernt, auf das Schliessen der Tür zu achten, dann kommt die andere Frau, die nicht seine ist und die ihn gleich aufs Klo begleiten wird und er sagt zu ihr, ich muss, damit sie ihm hilft, und zusammen tappen sie in den Flur, und sie hilft ihm wie seit Tagen. Wie sie zurückkommen und die Alte ihn ins Bett gelegt und zugedeckt und aus der Küche schnell den warmen Steinsack an seine Seite gelegt hat, sagt seine Frau, die am Handy rumdrückt, nicht mal Empfang haben Sie da oben, sie werde jetzt sofort die Rettung alarmieren, damit ihr Mann fachgerecht versorgt werde.

Jetzt auf einmal spürt Nils das Verhängnis und er beginnt zu weinen über das grosse Elend, das über ihn gekommen ist. Was will sie mit ihm machen? Er fürchtet sich, weil er sie kennt, sie zieht immer das durch, was sie will. Du hast keine Entschlusskraft, sagt sie jeweils, jetzt bewirb dich, jetzt greif zu, vielleicht der Posten des Chefs, das wäre doch etwas, und sie telefoniert, schmiedet Pläne, macht das alles für ihn, so dass er grosse Angst verspürt, was will sie jetzt von ihm, und er schluchzt, weil er weiss, dass er keine Kraft hat, und schluchzt, bis plötzlich die Alte eingreift und ihn fragt, was er denn wolle. Hierbleiben, flüstert Nils.

Dann ist ja alles klar, sagt seine Frau mit ihrer entschlossenen, schneidigen Stimme, aber mit mir muss niemand mehr rechnen, und ob das Fahrzeug noch warte dort unten am Bach, dann werde sie jetzt, aber es werde ein Nachspiel haben. Und sie sagt ihm auf Wiedersehen, der Alten gibt sie die Hand nicht, der schmutzig Zerzausten, die wohl den halben Tag im Sturm herumgelaufen ist, so wie die aussieht, aber sie hoffe, dass ein Arzt gerufen werde, schon wegen der Versicherung, und es könnte ja sein, dass ihr Mann nicht mehr ganz sei, und tippt an ihren Kopf, flüstert noch etwas vom Gestank der sanitären Anlage in dieser Hütte. Sine erwidert etwas von grosser Erschöpfung ihres Mannes, den Rest versteht Nils nicht mehr und ist froh, dass beide rausgehen und er mit dem Steinsack warm liegt und dass es mit seiner Frau auch einmal schön war, unter der Decke Haut an Haut zu liegen.

*

Der Besuch seiner Frau hat Nils erschöpft. Er döst vor sich hin, während draussen Schnee fällt, empfindet es als beruhigend, die Geräusche der Frau zu hören, wenn sie in den schweren Schuhen bis in die Küche kommt, Holz zu Boden fallen lässt, wieder hinaus, Tür auf und Tür zu und jedes Mal ein kurzer Windstoss, wenn sie mit dem Reisigbesen den gröbsten Schmutz vom Boden wischt, wieder Tür auf und wirft die gefüllte Schaufel nach draussen, Tür zu. Sie muss einen Scheitstock in der Küche haben, hört er doch Schlagen und Splittern von Holz, später Knacken im Ofen, Rühren in einem Blechtopf und Duft, Duft, Hunger. Nach dem Essen ein warmer Steinsack für ihn, dann hört er, dass sie sich seufzend irgendwohin legt. Sie hat ihm gesagt, dass er den Steinsack an seine Brust legen und mit den Armen festhalten soll, das Blut werde die Wärme bis zu den Füssen verteilen.

Nils fühlt sich geborgen, niemand will etwas von ihm. Er könnte sein restliches Leben so verbringen mit den Geräuschen der Frau, dem fallenden Schnee draussen, der Gemüsesuppe und der Wärme. Abends das Licht der Petrollampe oder flackernder Kerzenschein. Mehr will er nicht.

Manchmal singt die Frau.

*

Sine eilt hin und her, während draussen Schnee fällt. Winter, nicht ihre liebste Zeit, eine Art Bewährungsprobe, abgeschnitten von der Welt und ganz allein hier oben. In diesem Jahr ist alles anders, da liegt der Mann in ihrer Stube, hat sich in ihrem Leben eingenistet, lebt von ihrem Essen, von ihrer Wärme, mit ihren Steinsäcken, dank ihrer Fürsorge. Sie merkt, dass er langsam zu Kräften kommt. Seine Augen haben die Schwere, das Traurige verloren und er scheint sich wohl zu fühlen, wenn auch noch immer etwas geschwächt. Seltsam, dass er den Liegeplatz nur zum Austreten verlassen will, ansonsten liegt und liegt er, ohne sich gross zu bewegen. Mit Erstaunen stellt Sine fest, dass es schön ist so, dass sie es geniesst, ihr Holz in der Küche zu spalten und zu wissen, dass jemand mithört, dass sie es geniesst, Karotten und Kartoffeln auf dem Brett zu schneiden und zu wissen, dass er sich in der Stube fragt, was sie wohl gerade schneide, und dass er dem Duft nach überlegt, ob es Zwiebeln oder Lauch in der Suppe gibt, oder vielleicht beides. Und dass er mit Appetit isst und sagt, so eine gute Suppe. Manchmal traut sich Sine zu singen. Lieder aus einer längst vergangenen Zeit.

*

Es liegen Töne in der Luft. Sine, eigentlich müde nach dem langen Tag im Altersheim, wo sie ihre Lehre macht, Sine bleibt stehen, horcht den Tönen nach. Sie sind fremd und doch irgendwie vertraut, sie locken, sie ziehen Sine in ihren Bann, so dass sie sich den Weg durch die Menge der Heimkehrenden bahnen muss, obwohl der Zug, sie müsste eigentlich sofort dem Bahnhof entgegen. Fädelt sie sich also durch, den Tönen entgegen, die sich aber im Gewühl zu entfernen scheinen, was sie schade findet. Plötzlich eine Öffnung in der Menge und schon steht sie vor den Strassenmusikanten, einem Geiger, einem Akkordeonisten und einer Frau mit Tamburin. Sine hat nur Augen für den

Geiger, der dort mit halb geschlossenen Augen steht und spielt, barfuss, in Jeans und langem gemustertem Hemd, so hippig, und um den Hals trägt er Kette um Kette, daran baumeln Amulette und Münzen. Seine Haare, kohlschwarz und lang bis über die Achseln fallend, steht er also da und spielt. Als wäre er allein und ginge ihn alles nichts an, sendet er die Töne an Sine, jeder Ton ein Faden, der sie umschlingt.

Die Gruppe spielt alte Volksweisen und bittet die Menge mitzusingen. Sine, die schon in der Schulzeit wegen ihrer seltsam metallisch schrillen Stimme, einer Urstimme, aufgefallen war, singt gleich mit. Der Akkordeonist und die Tamburinfrau streifen Sine mit einem Lächeln und der Geiger blickt auf, richtet seine schwarzen Augen auf sie.

Dieselben schwarzen Augen, dieselben Haare und ein ähnliches Amulett an der Kette erkennt Sine, erkennt in ihm ihr Gegenstück, ihren Zwilling, eine Art Abbild ihrer selbst. Er könnte ihr Bruder sein. Ein Fahrender wie sie. Hätten sie sich gefunden, um sich nie mehr zu trennen. Das Geigenspiel ist seine Passion, das Sprechen weniger, wenn du willst, kannst du mitmachen. Sine zieht gleich ihre Schuhe aus. Jetzt gehört sie dazu. In der Nacht sind sie keine Geschwister mehr, er greift im Zelt, das sie ausserhalb der Stadt auf dem Camping aufgestellt haben, nach ihr, es ist selbstverständlich, nach ihr zu greifen. Es geht alles so schnell, Sine kann anderntags nur noch Pflegemutter telefonieren, sie sei achtzehn und dürfe machen, was sie wolle, werde mit den Strassenmusikern mitziehen, und die Lehre im Altersheim, fragt Pflegemutter, die habe sie geschmissen, und sie soll sich keine Sorgen machen, bla bla, ich melde mich, sagt Sine.

Sie trägt jetzt bodenlange Jupes und Blusen, sie geht barfuss, sie singt und sie liebt. Sine wusste nicht, dass Liebe so sein kann.

Ist Liebe so, denkt Sine, dass er befiehlt, komm, und der Frau die Kleider herunterreisst, wenn sie mit dem Ausziehen verschämt innehalten will, ist Liebe so, dass er die Frau zu Boden wirft und sich selbst darüber, und wenn sie erschreckt aufschreit, ihr beim Eindringen den Mund zuhält und ihr anschliessend, wenn es vorbei ist, sagt, dass sie ihn alleinlassen soll, seine Geige seitlich unter das Kinn klemmt und liebkosende Töne hervorzaubert, gehört das zur Liebe, ist das seine Art, ihr zu zeigen, dass er sie liebt? Und Sine sitzt unter dem Baum und heult, weil sie sich Liebe anders vorgestellt hat, und während er spielt, schon Stunden spielt, lässt sie ihre Hände über ihren Körper fahren, wie sie unter dem Baum sitzt, immer noch nackt, zu seiner Musik macht sie es an diesem warmen Sommerabend, sich selber macht sie es mit den Fingerspitzen, streicht sich über ihre Brüste nach seiner Musik, die befiehlt, wie es weitergehen soll, in einem langsamen, tänzerischen Grave soll es weitergehen, umkreisen die Finger ihre Brüste, bis die Warzen aufstehen, und wie die Musik sich wandelt zum wiegenden Sechsachteltakt, wiegt sie mit und fährt mit den Fingern dort hinein, wo sie jetzt für ihn bereit wäre.

Sine liebt seine Geigenmusik, alles andere nimmt sie in Kauf, sie wäscht ihm am nahen Teich seine Kleider, du willst eine Fahrende sein, spottet er, dann kannst du auch am See waschen, und klemmt sich seine Geliebte, die Geige, unter das Kinn, und während sie durch das bitter riechende Schilf tappt, mit den Füssen *platsch, platsch* durch das dicke schwarze Moorwasser, neben sich ringelnden und hüpfenden Amphibien, drückt sie seine verschwitzten Kleider an sich, an ihr Gesicht, nimmt seinen Duft und seine Ausdünstung in sich auf und liebt ihn nur noch mehr.

Bis eines Tages so kleine Männer mit riesigen Schnurrbärten und öligem Haar kommen und sich mit ihm in einer fremden Sprache besprechen, er seine Geige einpackt und geht. Du bleibst hier, sagt er und tätschelt ihren Arm. Die Tamburinfrau wischt ihr die Tränen ab, vergiss den, sagt sie. Ja, und Pflegemutter meinte, als sie wieder heimkehrte, Männer seien eben so.

*

Sine hat die Lehre im Altersheim doch noch beendet und wird jetzt in das kleine Dorf in den Bergen ziehen, um die aufwändige Pflege der alten Grossmutter zu übernehmen und etwas auf dem Hof mitzuhelfen. Der Jungbauer holt sie mit dem Muli von der Postautohaltestelle ab. Später wird Sine denken, dass es ein Glück gewesen sei, hierher geraten zu sein. Aber der Anfang ist schwer.

Wenn die Steinalte nach ihr ruft, beständig nach ihr ruft, kann sie es kaum unterscheiden vom krächzenden Ruf der Raben auf dem Dach, wenn die wieder etwas will, und sie will andauernd, irgendeinen Tee, gehortet in unzähligen Stoffsäcklein oder alten Konfitürengläsern, nein, das ist kein Wermut, du musst riechen lernen, Kind, Wermut ist bitter, ich brauche bitter. Dann kniet Sine am Boden der düsteren Kammer und öffnet Glas um Glas, riecht die seltsamsten Düfte, nimmt ein wenig vom Trockengut auf ihre Zunge, bis sie das Richtige gefunden hat. Es soll immer bitter sein, so dass Sine den Bitterstoff kaum mehr aus der Nase kriegt. Schwierig wird es dann, wenn sie frische Schafgarben holen soll draussen, zum Glück weiss der Jungbauer, wo der Gerstenacker steht, denn dort am Rand seien sie zu finden. Die Stängel der faserigen, starren Pflanzen mit den schneeweissen Blütendolden sind schwierig zu knicken, so dass sie schliesslich einiges verwechseln, mit den Händen aneinander geraten und die ersten Küsse bitter schmecken.

Für die tausend Schmerzen Grossmutters gibt es Salben in Töpfen und Tiegeln, aber was macht Sine, wenn die eine, die beste der Salben aufgebraucht ist und sofort neue her soll, und zwar aus dem Bittersüssen Nachtschatten, *Solanum dulcamara,* wie Sine später nachlesen wird, hochgiftig, es soll also sofort dieses Kraut her, und Grossmutter will später helfen mit der Herstellung der Salbe, was sich Sine nicht vorstellen kann wegen deren Gebrechlichkeit. Auf die Frage, wo es wachse, krächzt das Weiblein, fuchtelt mit den dünnen Ärmchen bei der Beschreibung, so dass der Jungbauer hermuss, weil Sine die Wiesen nicht kennt.

Und wie die beiden dann Hand in Hand über die Wiesen gehen, wo erst kürzlich der Schnee weggeschmolzen ist, beginnt Sine zu spüren, zu riechen und zu sehen, schärfen sich ihre Sinne, bis sie die Schönheit des Frühlingsabends schmerzlich wahrnimmt. Obwohl der Bauer nicht ihre erste Liebe ist, so ist es doch die erste Liebesgeschichte der besonderen Wahrnehmungen, als wäre sie in den Brunnen gesprungen, der verloren gegangenen Spindel hinterher. Die Wiese ist nicht mehr einfach grün, der Baum braun und der Himmel blau, sie bemerkt unzählige Abstufungen von neuen Farbtönen. Aber erst einmal spürt sie die ungeheure Energie dieser vom Winterschlaf erwachenden Erde, als vernähme sie den pochenden Puls derselben, ein Aufbrechen aus der Tiefe, und sie hätte sich nicht gewundert, wäre die Erde vor ihren Füssen aufgebrochen, hätte ihr das sich nach Nährstoffen ausdehnende Wurzelwerk gezeigt, ein Netz feinster Verästelungen, das ihr das Gefühl gegeben hätte, sorgfältig schreiten zu müssen, damit nichts zerbricht. Sorgfalt auch wegen der unzähligen weissen und lilafarbenen Krokusse mit den lockenden orangefarbenen Staubfäden. Auch im scheinbar toten Gehölz muss das Fliessen der Pflanzensäfte eingesetzt haben. Sie sieht die prallen Knospen, die gleich springen werden, sie entdeckt in den Blattachsen erste dünne Triebe und im leichten Frühlingswind schaukelnde Erlen und Haselwürstchen. Eschensamen segeln als Kleinstfallschirme vorbei, sie fliegen mit dem Kleinen Fuchs um die Wette. Der Seidelbast will der erste sein, zeigt sich mit geöffneten zyklamroten Blüten und verströmt den ihm eigenen betörenden Duft. Ein grossartiger Einstieg in das Reich der Frühlingsdüfte, die Ouvertüre vor dem Erwachen der Natur.

Auch der Jungbauer und Sine lassen sich betören und verzaubern, wandern tief hinein in das unbekannte Gebiet der Lust und ihr Gesang vermischt sich mit dem Balzgesang von Häher und Amsel.

Später finden sie den Bittersüss auf der geschichteten Steinmauer, eine kriechende Staude mit verholzten Trieben, die sich aus dem Kargen heraus windet und, wie Grossmutter gesagt hat, schon immer dort war.

Der Jungbauer hat Grossmutter in eine Decke gewickelt und trägt sie auf die Ofenbank in der Küche.

Dort lehnt sie sich an die warme Ofenwand und gibt Sine die Befehle, was zu tun sei. Der überhitzte Raum, die graue Vorfrühlingsstimmung draussen und die Gerüche des schmelzenden Schweinefettes aus der Pfanne, dazu das Gekrächze der alten Frau, erinnern Sine an Märchen aus ihrer Kinderzeit. Rühren, rühren und hinein mit ihnen, sie meint das zerhackte Sammelgut, und rühren wie die Zahl acht, langsame Achten, brabbelt und bruddelt es aus dem zahnlosen Mund, und ihre knochigen Arme fuchteln seltsame Zeichen in die Luft. So rührt Sine also das unendliche Geschwätz, die Worte, die zu seltsamen Sätzen werden, rührt sie alles in die Acht, es dürfe nicht kochen, müsse gerührt werden, und plötzliches Geschrei nach Kamille, die hätten sie vergessen, da eilt Sine ins Zimmer der Alten, sucht nach den getrockneten Kamillenblüten, sucht später etwas Bienenwachs, das sich sofort in der Brühe auflöst, jetzt sieben und abfüllen, ruft die Alte ermattet, sieben und abfüllen.

Wie Pergament fühlt sich Grossmutters Haut an. Sine reibt den im Schweineschmalz gelösten Bittersüss auf die schmerzenden Achseln und den Schultergürtel, zart, nur mit den Fingerkuppen trägt sie die Salbe auf, trotzdem fühlt und ertastet sie Schmerzendes. Danke, sagt Grossmutter. Am anderen Morgen liegt sie tot in ihrem Bett.

*

Bei der Steinmauer steht die Frau. Schichtet die Steine neu. Der Winter war lang und die Hirsche, deren Wildwechsel über die Mauer geführt hat, haben ihre Streifzüge eingestellt. Nun hebt sie zum Reparieren der

Trockensteinmauer Schieferplatten und Granitquader hoch oder versucht wenigstens, diese zu schieben oder drehend an den Rand der Mauer zu befördern, sie dann hochzuhieven mit Hilfe eines Astes als einer Art Hebel, um das Gewicht zu verringern. Schweisstreibende Arbeit. Dann eine Silberne unter dem Schiefer. Ist sie tot? Die Frau hebt das eingerollte Reptil auf ihre Hand. Sie beginnt zu weinen, so heftig zu weinen über das kleine silberschuppige tote Tier und über die unabänderlichen Dinge ihres Lebens.

Die Tränen fallen auf die Silberne. Die beginnt sich zu regen, zu winden, sie hebt ihr zartes Köpfchen, öffnet die Augenlider, ihre Blicke treffen sich. Dann ringelt sie sich in einer eleganten Bewegung von der Hand in die Steinmauer hinein. Die Frau trocknet die Tränen. Die starren Äste des Bittersüss umschlingen sie.

*

Sine steht in Grossmutters Zimmer. Obwohl vollgestopft mit unzähligen Dingen, ist es leer ohne die alte Frau. Eine seltsam kalte Leere, erstarrt, als fehlten Pulsschlag und Wärme des alten Körpers. Sine steht im Zimmer, das ihr gehören soll, auf Wunsch der Verstorbenen, mit allem, was drin ist, wie der Jungbauer und seine Mutter bekräftigt haben, und der Ofen habe noch Glut, damit sie das Ausgemistete gleich verbrennen könne, sagt die Bäuerin und krempelt die Ärmel hoch. Kann es nicht begreifen, dass Sine nicht will, dass sie alles anschauen möchte, und wenn im Stall und auf dem Feld nichts anstehe, habe sie doch Zeit.

Was ist Zeit, wenn man das Sammelgut eines ganzen Lebens ordnen soll, vielleicht nicht nur eines Lebens, sondern Generationen zurück, hat eine Frau der anderen ihr Wissen weitergegeben, hunderte Frauen oder mehr, und wer hilft mir, flüstert Sine, wer sagt mir die alten Dinge, wer lehrt mich? So steht sie immer noch verloren mitten in Grossmutters Zimmer, stellt Fragen, die ihr niemand beantworten kann, oder vielleicht doch, denn wie sie genau hinschaut, nicken ihr die Kräutersträusse zu, raschelt es in den Papiersäcken mit dem Sammelgut, duftet es aus dem noch geöffneten Topf auf dem Nachttisch mit der Salbe des Bittersüss und steht alles bereit, sogar aufgeschrieben in blauen Schulheften in der Zimmerecke am Boden, in einem Stapel abgegriffener Bücher, sie braucht sich nur darnach zu bücken und zu entziffern, es steht wirklich alles bereit. Die Schale mit dem Sand, der Kohle, dem Beutel mit getrocknetem Harz und Salbei. Reinigen, hatte die alte Frau an einem ihrer letzten Tage geflüstert, immer zuerst reinigen. Nun zündet Sine mit winzigen Holzspänen die Kohle an, streut etwas von der Mischung darauf und wartet, bis Rauch sich hochkringelt zusammen mit dem Duft nach Geheimnis, nach Bitternis, nach altem Wissen, sie wartet, bis der Jungbauer ruft, die Bäuerin klönt und sie sollte und müsste.

*

Schwer stützt sie sich auf den Stock, die Zurückgelassene, die weiss, dass es in Hungerszeiten so sein muss, dass man die Alten zurücklässt, damit das Volk schneller vorwärts kommt, bis zu den Flüssen, zu den Fischen, zur Nahrung, stützt sich schwer auf den Stock und geht den Schlingen nach, vielleicht doch noch ein Hase oder wenigstens ein Eichhörnchen. Wenn die

Schmerzen nicht wären, in allen Gelenken, überall, könnte sie eilen, schnell in dieser Kälte, sie wäre wieder so schnell wie in der alten Zeit, schaute nach den Schlingen, würde mit der Steinschleuder den Vogel treffen und am Heimweg ein Bündel Äste aufheben, ganz schnell würde es gehen, bis sie im Unterstand ankäme und sich nach dem Feuern in die Felle legte. Aber sie wäre vielleicht noch nicht müde und würde mit dem Grabstock Rasenziegel ausbrechen aus der überfrosteten Wiese zur Dachdämmung, das würde sie. Sie hat sich ein Fell über das hirschlederne Gewand gelegt, zugeknotet wegen des Sturms. Ob sie es schafft bis zu ihrem Bruder? Er liegt dort drüben in der Senke im hohen Farn. Sein Fell ist stumpf, die Augen glanzlos. Bevor die Stürme eingesetzt hatten, war sie mit Bruder Bär noch tagelang in den Beeren gewesen, er hatte sich vollgefressen und sie füllte ihre Birkenrindenbehälter mit den Beeren. Sie sieht es, er wird seine Höhle nicht mehr aufsuchen können, trotz des Farnes und dessen Kraft, Schmerzen zu lindern. Bald wird der Atem ihn verlassen. Da fällt der Mut ihrer alten Tage in sich zusammen, ganz schnell geht das, wie eine Mure, die ins Tal schlittert, wie das Gewitter, das sich plötzlich entlädt, oder der Feind, der ohne Vorwarnung angreift. Traurigkeit erfüllt sie. Sie legt sich in den Windschatten ihres Bruders.

*

Eine Winternacht mit sich jagenden Schneewolken unter dem grossen Mond. Ein über die Schneehänge huschendes Lichtspiel und eine verstörende Aufregung. Wer jetzt noch kein warmes Haus aufgesucht hat, soll sich vor dem Einzug der Berggeister und dem Tanz der wissenden Frauen hüten, er wird in das Geschehen hineingesogen werden und anschliessend, wenn wieder Ruhe eingekehrt ist, nicht mehr derselbe sein. Er wird den Rest seines Lebens in verzehrender Sehnsucht nach den geheimnisvollen Undinen des Wassers, den Sylphen der Lüfte und den Salamandern des Feuers leben müssen, wird nächtelang über die Bergwiesen streifen und die erneute Umarmung der Geister erwarten.

Es ist beinah dunkel in der Küche, nur erhellt durch den Flackerschein glimmernder Scheite und den tanzenden Irrlichtern von draussen. Sine rückt den blechernen Zuber vor den Herd und schöpft das kochende Wasser mit dem Gätzi, der hölzernen Schöpfkelle, von der grossen Pfanne in den Zuber. Sie prüft mit der Hand die Temperatur, schüttet etwas kaltes Wasser zum heissen, legt nochmals Holz nach im Holzkochherd, steckt die Haare hoch und zieht sich aus.

Sie zieht sich aus, und in diesem Moment des Nacktseins weiss sie, dass er ihr aus der Stube heraus zuschaut. Sie könnte in die Stube eilen und nachsehen, ob er wirklich nicht schläft, die Augen offen hält und sie aus dem Dunkeln heraus beobachtet, sie könnte der weit geöffneten Tür, die sie der Wärme wegen immer offen hält, der Tür könnte sie einen Stoss geben und, *klack*, würde die Falle ins Schloss einrasten und sie wäre ungestört. Sie könnte den Vorhang des Küchenfensters ziehen, dem Lichtertanz den Riegel vorschieben, sie könnte die leicht geöffnete Eisentür des Holzkochherdes zuknallen lassen, um den flackernden Schein in der Küche zu unterbinden, alles wäre möglich, um sich unsichtbar zu machen. Aber das Plätschern des Wassers wird er trotzdem hören, ihr erschauderndes Seufzen, wenn sie es sich über ihren Rücken giesst, er wird es sich auch bei geschlossener Tür vorstellen können, wie sie sich wäscht.

Sine wird sich also waschen und denken, dass der dort drin schlafe, und sie wird es so geniessen, wie sie es immer tut, nur einmal pro Woche, der Kompliziertheit wegen, weil sie kein Badezimmer hat, sie wird es trotzdem geniessen, oder vielleicht gerade deswegen? So hat sich Sine ausgezogen und steigt in den blechernen Zuber. Sie kauert nieder, nimmt die Seife, den Lappen und verteilt den perlend duftenden Seifenschaum auf ihrer Haut. Er wird den Duft bis in die Stube riechen, er wird sich, auch wenn er nur den Rücken sehen kann, die kreisenden Bewegungen vorstellen. Dann steht Sine im Zuber auf, nimmt das langstielige Gätzi, taucht es ins Wasser und entleert dieses über ihrer Achsel, dann über den Hals, die Wirbelsäule, das Gesäss und jedes Mal, bei jedem Wasserguss, seufzt sie auf, lässt es schaudernd fliessen, das seifige Wasser, das sie kalt erwartet, obwohl sie weiss, dass es warm und wohlig und einhüllend an ihr herunterrinnt.

Sie weiss, dass er zuschaut. Sie möchte, dass er zuschaut, spürt seine Blicke auf ihrer Haut, bis sie ihr langes Haar schliesslich entflechtet, dass es gewellt bis über ihre Taille herunterhängt. Dann nimmt sie die Haarbürste, kämmt sich und stellt sich vor, er würde mit seinen Fingern durch die Strähnen fahren, bis es knistern und Funken schlagen würde.

*

Aber jetzt schlägt sie Funken und nicht ihr Haar, und Nils wird sich hüten, ihren Wünschen nicht nachzukommen. Jeden Tag mindestens eine Stunde, sagt sie ätzend böse, mindestens eine Stunde nach draussen an die frische Luft, das sei kein Leben, stundenlang im Bett zu liegen, und er müsse zu Kräften kommen. Also verbringt er die Stunde draussen in ihre Kleider eingemummt, er hat ja nur seinen schwarzen Anzug dabei, und die Kleider, die seine Frau vermutlich geschickt hat, können bei dieser Schneemenge nicht transportiert werden.

Ja, die Schneemenge, ein halber Meter oder mehr, und sie beide hier oben abgeschnitten von aller Welt, in der stumpfen Lautlosigkeit der Berge. Manchmal ein verirrter Vogel am Himmel, ein Wolkenspiel oder ein seltsamer Lichteinfall. Und lange Nächte mit von Schneekristallen glitzernden Hängen. So dürfte es eigentlich bleiben. Sogar ihr Herumwüten beim Holzspalten im Stall nebenan, ihre Fusstritte, wenn sie die Tür ins Schloss schlägt, das Geschimpfe, wenn es nicht brennt im Ofen oder wenn sie sich am kalten Brunnen mit der Wäsche herumschlagen muss, das alles gehört dazu. Auch ihr spöttisches Gelächter, wenn er ihr seine Hilfe anbieten will, vermutlich weil sie seine Halbherzigkeit bemerkt.

Wieder einmal fegt Sturm über die Hänge, Graupelschauer vor sich her tragend, deren spitze Eiskristalle wie Nadeln auf seiner Wange aufschlagen, da fühlt er sich gefangen, als befände er sich auf einem Schiff im tobenden Meer, ausgesetzt den gewaltigen Kräften. Sie spielt den Kapitän und er, was spielt er, hat er überhaupt eine Rolle inne in diesem Spiel? Oder schlittert es ihn an Deck hin und her, als Spielball der Elemente? Er möchte gerne eine Rolle spielen, als Schiffsjunge so kleine Dinge verrichten, um sich nicht ganz nutzlos vorzukommen. Möchte dem Wüten dieser Frau Einhalt gebieten, die alles kann, furchtlos auf dem Schiff herumdirigiert, die Segel einzieht bei Gefahr, das Steuerrad fest in der Hand hält, möchte sie anfassen, umfassen, aber ahnt, dass seine Kräfte für so etwas noch nicht ausreichen, denn das müsste mit Kraft geschehen, sie zu packen und vielleicht auf den Mund zu küssen, so dass sie schweigen würde, gleichzeitig gierig an ihre Brüste zu fassen, aber immer noch Mund an Mund und mit der Zunge das fremde Gebiet erobernd. Er müsste Kraft haben dazu, denn sie würde sich wie eine Wilde gebärden, aber irgendwer muss dieser Frau doch einmal den Meister zeigen. So schlittern sie also weiter auf dem Meer und umsegeln alles, was mit Gefühlen zu tun haben könnte.

Doch, kleine Veränderungen gibt es im Verhalten der Frau, sie beauftragt ihn, Kartoffeln zu schälen oder Karotten zu schnipseln, während sie sich am Küchentisch in ein Buch vergräbt, über Kräuter, wie sie sagt. Letzthin befahl sie ihn in den Keller, um ihr behilflich zu sein, beim Isolieren gegen die Kälte, sie spüre schlimmes Wetter, der Sturm werde noch etwas bringen, vielleicht Schnee und Kälte, die Waldameisen hätten es ihr schon im Herbst angekündigt, dann würden die Kartoffeln süss und ungeniessbar werden, Karotten, Lauch und Äpfel faulen. Also wird alles sorgsam in dickwandige Kartonschachteln gelegt und mit alten Wolldecken umhüllt. Im Notfall müssten sie alles in den Flur hochtragen, das sei auch schon vorgekommen. So knien sie auf alten Kartoffelsäcken und arbeiten gemeinsam, um die Wintervorräte zu sichern. Über ihnen das Kellergewölbe, das für einmal alle Sturmgeräusche von draussen fernhält.

*

Unwirklich und wie im Märchen empfindet Sine den ersten Blick auf das alte Haus oben am Berg. Der Bauer gibt ihr den Schlüssel in die Hand, bis er das nächste Heufuder hole, dürfe sie hinein, das Haus gehöre zum Hof und sei in der alten Zeit als Maiensäss genutzt worden. In der Küche habe man gekäst und in der Stube nebenan geschlafen, aber bei sehr grosser Kälte habe Grossvater neben der Futterraufe hinter dem Viehläger schlafen müssen.

Dann öffnet Sine die Haustür, die lässt sich aber nicht gerne öffnen, sie muss sich mit der Achsel dagegenstemmen, bis es plötzlich geht und sie beinah mit der Tür ins Haus fällt. Wirklich hineinfällt, mit ihren ganzen Sinnen nimmt es sie ein und will sich auch nicht dagegen wehren, lässt sich von den Spinnweben den Schleier überwerfen, so dass sie als Braut das Haus betritt, verzaubert und voll Liebe für das Uralte. Und fühlt sich willkommen, als hätten welche aus der alten Zeit sie erwartet, so abgearbeitete Bauersleute oder die weise Frau, die ihr schon so vieles in die Hände gelegt hat, die weise Frau wartet hier mit dem letzten der Geschenke, der Heimstatt, die sie ihr zuweisen möchte.

Jetzt geht sie mit ausgestreckten Armen hinein in den Raum, der die Küche sein soll. Aus dem blinden Fenster abgeschwächtes Licht, Mäusegeraschel in einer Ecke, ein Wandbord mit Bechern aus Zinn, einer Schüssel, auf dem Tisch Tasse und Kupferkanne, da stehen sie bereit, zwar in einer dicken Staubschicht, aber sie stehen da als Willkommensgruss, und auf dem Herd eine Blechbüchse mit Kaffeebohnen, zwanzig oder dreissig Jahre alte Bohnen, bereit zum Mahlen.

Alles steht bereit, vor dem Ofenloch grobe Scheite und eine Handvoll Späne, alles da, sie braucht sich nur zu bücken, auch die Tür gegen die Stube leicht geöffnet, komm herein, willkommen, und wie sie dann eintritt in den kargen Raum, mit der beschnitzten Truhe, dem Schragentisch, den zwei Stabellen aus Nussbaumholz und der Couch, kommen ihr die Tränen ob all dem Schönen und sie will es wissen, schichtet draussen das Holz, die Späne und entfacht das Feuer. Sie ist erstaunt, dass der Kamin so gut zu ziehen scheint, denn es prasselt gleich und stiebt Funken, jetzt braucht sie sich nur noch auf den Specksteinofen zu setzen und zu warten. Hier will ich bleiben, denkt sie, und wie der Bauer, der einmal ihr Liebster war, wiederum mit dem leeren Heuwagen hochkommt, sagt sie ihm, dass sie hierbleiben wolle, dass er froh sein wird darüber, denn ohne Kind, hat auch die Schwiegermutter gesagt, wird das nichts, und er ist so froh, dass seine Frau freiwillig das Feld räumen will, dass sie es nochmals gleich hier und jetzt auf der staubigen, müffeligen Couch probieren, das mit dem Kindermachen, das nie geklappt hat und, wie der Arzt sagte, auch kaum klappen wird, trotzdem versuchen sie es und können nicht genug kriegen davon. Ich gebe dir das Haus, sagt er zwischen den Küssen, gebe es günstig und helfe mit dem Zügeln.

Es war dann doch nicht so einfach, und Sine weinte dem Bauer noch tagelang nach unter dem Kellergewölbe, dort, wo die Frauen immer geweint hatten, auf den Kartoffelsäcken liegend geweint hatten oder geschrien, herausgeschrien den Kummer um das kranke Kind, die Angst vor dem Krieg, oder geweint wegen der Schläge und Grobheiten des Mannes. Unzählige

Gründe gab es, um zu weinen, und es tröstete sie, wenn sie sich langsam näherten, die Geplagten, Geschundenen aus der alten Zeit, und sich neben sie auf die stinkenden Säcke legten, sie vielleicht tröstend in die Arme nahmen. Auch als er hochgefahren kam, um ihr die Schwangerschaft der neuen Frau zu verkünden, sie ihm über diese Nachricht das Gesicht zerkratzte und er sie erst beruhigen konnte nach alter Gewohnheit mit dem Liebesakt, blieb ihr anschliessend nur der Keller und dessen feuchte Düsternis und Tröstung, um ihr Elend hinauszuheulen.

*

Das gefällt mir nicht, sagt Sine zu Nils, der Sturm scheint zuzunehmen, und wer weiss, wie das noch herauskommt, wir werden das Feuerholz in den Flur holen müssen, solange wir noch durchkommen. Wir, sie hat wir gesagt, und du, du kannst das Holz, das ich bringen werde, im Flur stapeln. Sie reicht ihm den dicken Pullover, Mütze und Handschuhe, dann beginnen sie, mit der Überlebensübung, wie Nils denkt.

Er versucht sich an sein Leben in der Stadt zu erinnern, wie war es damals, vom Haus in die Garage, ins Auto, die Stadt, Tiefgarage, Lift, Büro, war er mit dem Wetter in Berührung gekommen oder war es all die Jahre gleich, im Sommeranzug oder Winteranzug, im Jackett, leichter oder schwerer Stoff, oder bei grosser Wärme ausnahmsweise ohne und einmal sogar mit hochgekrempelten Ärmeln, das gönnen wir uns, hatte der Chef gesagt, kann er sich erinnern, aber Sturmtage, Schneegraupel, das gab es nie in seinem alten Leben. Jetzt öffnet er die Haustür einen Spaltbreit und muss sie festhalten, weil der heftige Wind sofort in das Schlupfloch fahren will, um sich das Gebiet zu erobern, mit Gebrüll in die Menschenbehausung zu fahren, zu zerstören, so dass er versucht, die Tür zu halten, nur diesen Spaltbreit, damit er sieht, wie sie vom Stall her kommt, schwer beladen mit den Scheiten, dann schnell öffnen, damit sie ihm das Holz vor die Füsse werfen kann. Sie hat ihm gezeigt, wie das Stapeln geht, die Ecken über Kreuz, sonst fällt alles um und wir kommen nicht mehr durch, so versucht er es und es muss schnell gehen, gleich wird sie mit dem nächsten Fuder ankommen. Unwirklich das Ganze, er, der grosse Banker, mit Bart und wirrem Haar am Boden kniend am Stapeln einer Beige Holz, und er nimmt sie ernst, seine neue Aufgabe, er gerät sogar in einen Takt, einen Rhythmus, Holz nehmen, stapeln, Holz nehmen, stapeln, aufstehen, Tür festhalten, kurz dem weissen Atem aus seinem Mund nachschauen, zur Seite springen, wenn sie kommt, sie würde ihm alles an den Kopf werfen, kannst du denn nicht aufpassen, hat sie gebrüllt. Dann ist der Flur voll Holz, sie müssen seitwärts daran vorbeigehen, auch mit den beiden Kesseln voll Wasser, die sie in die Küche schleppen, dabei die Arme seitwärts ausstrecken, so dass es schwer ist, fast unmöglich. Die Frau hat noch nicht genug, die Balken vor den Fenstern schliessen, sonst fallen uns die Scheiben auf der Wetterseite ins Haus, bei diesem Sturm. Du gehst in die Stube, ich reiche dir den Laden, wenn du beide hast, den Eisenhaken im Fenster einhängen. Und es geht, aber sofort eine Eiskälte in der Stube und ein Herumwirbeln der aufgehängten Kräutersträusse, ein Durcheinander und Gepfeife vom Wind, wie er es nur in Filmen gesehen hat, und das war auch nicht echt, sondern vermutlich eine Windmaschine.

*

Es wäre alles gleich weitergegangen ohne den Splitter in der Hand. Aber erst einmal sitzen sie am Küchentisch und essen die Suppe, an so einem Abend kann man nur Suppe essen, sagt die Frau, das wärmt so schön, und nach einigen Löffeln sagt sie, jetzt kommt der Weltuntergang, aber sie lächelt dazu und nimmt erneut einen Löffel der Suppe. Was dann, fragt Nils, wir wären die einzigen Überlebenden, meint sie. Nils hat noch nie so etwas gedacht, dass ein Weltuntergang bevorstehen könnte. Doch sagt die Frau, sie denke oft daran und sei immer gewappnet. Deshalb die Vorräte, die vielen Kartoffeln, die Plastikboxen gefüllt mit Reis und Korn, das sie vor dem Backen jeweils mühsam mahlen muss, auch Kaffeebohnen sind da, es ist alles vorhanden, aber kaum Abwechslung. Nils denkt an die Glasschüssel in seinem Esszimmer, die immer mit frischen Früchten gefüllt war, Kiwis, Orangen, Bananen, Passionsfrüchte und solche Dinge. Seine Frau kaufte jeden Tag Frisches ein. Das hier hat etwas unwirklich Beängstigendes, aber auch etwas zauberhaft Glanzvolles, wie er da so sitzt mit einer fremden Frau am Tisch und im beinah dunklen Haus Suppe isst. Sie könnte den Zauberstab heben und er würde ihr wahres Gesicht erkennen, dass sie eigentlich alt und hässlich wäre, und er müsste die Vögel, die im ganzen Haus verteilt in Volièren vegetierten, füttern und es wären verzauberte schöne Mädchen. Vielleicht könnte er ihr irgendwann den Zauberstab entwenden oder die Alte in den Ofen schubsen, während sie Holz nachlegte, aber ob er den Spruch wüsste, die Mädchen zu befreien? Manchmal kommt Nils sich wirklich verzaubert vor, führt ein Leben, wie er es nie gedacht hätte, und er weiss, dass er ohne die Frau hier oben nicht leben könnte, aber sie ohne ihn.

Aber jetzt ist der Splitter in der Hand und sie sagt, gar nicht gut mit einem Lärchenholzsplitter, der könnte sich selbständig machen. Nils sieht den selbständigen Splitter vor sich, der irgendwo in seinem Körper herumfährt, und sie beide abgeschnitten von der Welt. Die Frau beginnt in den Kräutersäcken zu kramen, entfacht Feuer auf dem Herd, setzt Wasser und Wilde Malve, die auch Käslikraut genannt wird, auf, bis es kocht und süsslich zu riechen beginnt, sie lässt kochen und kochen, prüft nach einiger Zeit, dann befiehlt sie Nils, seine Hand mindestens eine Stunde im Absud zu belassen, es sei genug Schleim drin, so dass es ihn graust vor dieser Frau, die mit Schleim und seltsamen Kräutern heilen will. Dann will sie den Splitter entfernen, kocht zuerst die Nadel aus und streicht eine Salbe aus Bittersüss auf die Haut, die unempfindlich machen soll. Während sie an der Hand rummacht, sich darüber beugt, sorgfältig mit der Nadel die Einstichstelle erweitert, machen sich ihre Haare, die sich aus dem Zopf gelöst haben, selbständig, sie fliegen ihm zu, sie umspielen seinen Mund, kitzeln ihn unter der Nase, legen sich an seinen Hals, umgarnen ihn, so dass es ihn seltsam dünkt, in dieser Küche zu sitzen, eingesponnen in ihr Haar, und er lacht, bis sie sich drehen muss, ihn fragend ansieht. Dein Haar, sagt er, ist magnetisch geworden, und eigenartig, da will noch mehr zusammenfinden, ihr Mund so nah an dem seinen, dass er

Lust bekommt, so eine ungeheure Lust, sie zu küssen. Da dreht sie sich um, sticht zu und hat den Splitter rausgezogen, ich hab alles erwischt, sagt sie und hält ihm das blutende hässliche Ding unter die Nase.

Dann legt sich die Frau in der Küche schlafen, der Mann in der Stube. Die Tür zwischen ihnen steht offen, ihre Haare kitzeln immer noch unter seiner Nase. Draussen stürmt es. Der Wind rüttelt an den Läden.

*

Vor langer Zeit hat die Frau sich das Stachelkleid übergezogen. Darunter war sie vor Übergriffen geschützt. Im Lauf der Jahre sind die Stacheln stumpf geworden. Jetzt hat sie die Silberne, die zusammengerollt unter dem grauen Zopf in der Kuhle des Halses liegt.

Eines Abends erwacht die Silberne, sie spürt Aufregung und den heftigen Pulsschlag der Frau. Blitzschnell züngelt sie hervor. Schon gut, sagt die Frau zur Silbernen, streichelt die kalten Schuppen, bis die Schleiche sich wieder zusammengerollt hat.

*

Hinter dem Zaun warten sie. Hinter dem Zaun, bis die Männer dort drüben ihre Pfannen und das Kupferzeug im Cadillac verstaut haben. Das muss man sich leisten können, ein solches Auto, sagt der Gemeindepräsident, und einen Fernseher haben sie sicher auch im Wohnwagen. Das Beste vom Besten. Jetzt können wir bald, der Polizist, der Pfarrer und der Gemeindepräsident machen sich bereit, die Dorfschwester ist gewappnet, auf alles gefasst, sie flüstert, das Kind ist im Garten am

Schaukeln, sollte aber kein Problem sein. Zugriff, der Polizist und alle anderen rennen los, zu den Wohnwagen, wo sie sich vor der Tür postieren, wo die Zigeunerweiber im Wagen halb nackt beim Haarewaschen sind und gleich zu schreien beginnen. Die Schwester in Tracht, blauer, weiss gepunkteter Rock, weisse Schürze und Haube, eine Brosche, rotes Kreuz auf weissem Grund, barmherzig nach Henry Dunant, hat das Kind in ihrer Barmherzigkeit gepackt, sie hält es trotz Beissens und Schreiens fest im Arm, ein guter Fang, denkt sie. Später im Auto hilft ihr der Polizist, das Wilde festzuhalten, die kleine Wildsau kriegen wir schon zahm, da sieht der Gemeindepräsident durch den Rückspiegel, schaut mal, eine Horde wilder, fast nackter Weiber rennt hinter dem Wagen her, Gas geben, ruft er. Zum Glück ist das Kloster weit weg und das Zigeunerkind gut aufgehoben dort. Sie überreichen den Fang den Nonnen, die etwas Rechtes aus dem Kind machen werden. Auf dem Heimweg machen sie Halt in einer Wirtschaft, sie bestellen die Schlachtplatte für vier, sie haben es sich verdient.

*

Der Saal im Ochsen bis auf den letzten Platz gefüllt, der rote, leicht abgegriffene Samtvorhang noch geschlossen, aber gleich geht es los. Der Vorhang öffnet sich vor dem Bühnenbild eines Dorfes, das dem Dorf hier ganz ähnlich sieht. Grosse Spannung im Publikum, dann die Auftritte des Dorfpolizisten, Pfarrers, Gemeindepräsidenten und der Dorfschwester. Ein Spiegel des Dorfes, ins Lächerliche verkehrt, ein Spiel um Intrigen und etwas Liebe. Wie dann der Zigeuner auftritt, dargestellt als Dorftrottel und Spassmacher, kommt im Saal Stimmung auf. Wie dem Zigeuner noch die Schnapsflasche in die Hand gedrückt wird, tobt der Saal vor Vergnügen. Am Schluss wird der Zigeuner verhaftet, die barmherzige Schwester sitzt dem Dorfpolizisten auf den Knien und lässt dcn Rock hochrutschen, dann, mit der Ankündigung der Hochzeit und einem moralischen Schlusswort des Pfarrers, schliesst sich der Samtvorhang. Ein Theaterstück, wie das Leben so spielt, ein rundum gelungener Abend.

*

Später wird sich das Kind kaum an die erste Zeit im Kloster zurückerinnern können. An kalte Gewölbe, an einen Essraum mit langen Tischen und vielen Kindern, an das Niederknien vor dem Essen und das Danken für den Haferbrei, lieber Herr Jesu, sei unser Gast, aber der kam nie, obwohl immer von ihm gesprochen wurde, obwohl man von ihm sagte, dass er alle errette, tagelang wartete die Kleine auf ihn, denn sie hatte gehört, dass er auch zaubern könne, Kranke heilen, Weinende trösten und so weiter, aber am meisten fürchtete sie sich vor der Düsternis des Kellers, wo sie manchmal hingebracht wurde, weil sie nicht sprach, weil die Worte nicht aus ihrem Mund kommen wollten, obwohl sie es doch versuchte, da hoffte sie, der liebe Herr Jesu komme, sie zu erretten. Wenn sie so in der Versenkung auf einer Steinstufe kauerte, hatte sie etwas, das nur ihr gehörte, da überkam sie manchmal das Bild. Ein strahlend schönes Bild, mit den Frauen, alle farbig in viele Röcke gekleidet, mit Schmuck behängt und singend, auf den Armen trugen sie ihre kleinen Kinder, und im grossen Raum war vorne eine schwarzhäutige Frau mit einem rotgoldenen Kleid, die hielt in den Armen ebenfalls ein kleines schwarzes Kind, und rundum war alles golden überstrahlt, und die Frauen nahmen ihre Kinder und hielten diese der schwarzen Madonna, wie sie sagten, entgegen. Das kleine Mädchen sieht sich im Glanz der schwarzen Frau, schwebend.

*

Damit hat Sine nicht gerechnet, dass ihr Gast, den sie jetzt Gast nennt und nicht mehr Eindringling, dass sich ihr Gast fürchten würde. Nach einem ganzen Nachmittag auf der Couch und ihrer Frage abends, was los sei, rückt er stockend mit der Antwort hervor, dass er das Gefühl habe, gleich unter den Schneemassen erdrückt zu werden, nicht mehr atmen zu können, und dass er Mühe habe, den ganzen Tag im Halbdunkel des Hauses zu verbringen. Sine spürt, dass er es ernst meint und nicht nur so dahersagt. Da wird es erst mal ganz still zwischen ihnen, jeder hängt seinen Gedanken nach im Flackerschein der Kerze, die sie gleich hätte löschen wollen, so kurz vor dem Schlafen. Was hätte sie jetzt mit einem ängstlichen Tierchen gemacht, oder mit einem ängstlichen Kind? Sie geht einige Male in der Stube hin und her, ist bereits barfuss und im Hemd. Vom Boden schleicht sich Kälte heran, lang möchte sie nicht mehr so gehen. Dann nimmt Sine die Kerze, öffnet in deren Schein die Schafreite und wühlt, bis sie das Fläschchen gefunden hat. Sie legt es für Augenblicke auf den warmen Ofen, dann befiehlt sie ihm, sich zur Wand zu drehen. Sie weiss jetzt, was sie will, es hat mit Mitgefühl zu tun, mit Zuwendung und auch mit Liebe. Sie wird das tun, was sie auch mit einem Tierchen tun würde. Er möchte etwas sagen oder fragen, aber schroff wimmelt sie ihn ab. Sie zieht ihm sein Pyjamaoberteil aus, obwohl er versucht, sich gegen den Übergriff zu wehren. Dann legt sie sich an seinen Rücken.

Legt sich an seinen Rücken, bis sie warm wird. Und während sie das Öl mit der Linken auf ihre rechte Handfläche träufelt, beginnt sie leise sprechend, über seine Haut zu fahren, eine Mutter, die zu ihrem Kind spricht, und erzählt ihm vom Bären, wie der sich im Spätherbst in die Höhle zurückzieht, um dort den Winterschlaf zu beginnen. Streicht den Rippenbögen nach, jedem einzelnen, was dauert, und weil alles so verhärtet ist, streicht sie langsam hin und her und erkennt die Schmerzpunkte, fragt ihn darnach, hier und hier, bis er ja sagt und sie die Punkte kreisend massiert, und es duftet nach Kräutern, nach Ysop und Lavendel, nach Mädesüss und nach Rose, und sie fährt den verspannten Muskeln nach und erzählt von den schlafenden Eichhörnchen, den Wintervorräten, die diese angelegt haben, um von Zeit zu Zeit etwas zu naschen, sie erzählt von den Murmeltieren, wie die ihren Puls hinuntergefahren haben und dass sie dem Jäger jeweils Murmeltierfett abkaufe, um Salbe zu machen gegen Rheuma, dann massiert sie zwischen den Rückenwirbeln, und Nils hält still, ganz still, in einer Art Atemlosigkeit, und lässt alles mit sich geschehen, was die Frau will, und der Duft steigt durch seine Nase in ihn hinein und sie spricht weiter, es nähme sie wunder, wie das Adlerpaar, das dieses Jahr wieder ein Junges aufgezogen habe, wie dieses den Winter verbringe, vermutlich aneinander gekuschelt, dort oben in der Felswand, sie wisse auch von den Steinböcken und den Gämsen, dass die sich ganz ruhig verhalten, bei dieser grossen Schneemenge, um keine Kalorien zu verbrauchen, und sie rückt näher an ihn, bis er ihre Brüste spürt an seinem Rücken, spricht weiter von den alten Hirschen, die sich zum Sterben hinlegen und langsam einschlafen, spricht zärtlich über ihre Lieblinge, die silbernen Blindschleichen, die sich in lockere Erde eingraben und dort den Winter in Erstarrung verbringen, drückt beim Sprechen ihre Lippen leicht an seine warme duftende Haut, so dass er sie nur noch von weitem hört, weil ihre Lippen beim Sprechen auf Reisen sind, sie erzählt von den zarten Gesichtchen der Schleichen und ihren dunklen Pupillen und ihrer Aufmerksamkeit, sie fährt mit den Lippen, den Händen über seine Haut, die ganz weich und empfänglich geworden ist und sich ganz nah bei dieser Frau befindet, und wie sie vom Wurzelwerk der Pflanzen erzählt, das sich bereits jetzt im Winter tief unter der Erde ausweitet, um bereit zu sein, die Feuchtigkeit in die Verästelungen zu saugen, da wird es auch in ihm warm und weit, Verlangen überfällt ihn, er möchte sich drehen, um die Frau zu umarmen, aber sie gebietet ihm zu bleiben, lass, flüstert sie, lass mich, flüstert sie, du bist hier geborgen bei mir, uns wird nichts geschehen, sie umfasst ihn mit ihren starken Armen, ihr Kind, ihren Liebsten, und verschafft ihm Erleichterung und eine Art Frieden, wie er ihn noch nie erlebt hat. So kann er geborgen einschlafen, und die Frau bleibt noch etwas bei ihm liegen, aber ihr rinnen Tränen aus den Augen, dass sie es nicht begreifen kann, dieses viele Wasser aus ihren Augen.

Die Flüchtlinge, die noch im Spätherbst übers Land hereingebrochen sind, die kommen Sine später in den

Sinn, und dass sie beide vielleicht auch Flüchtlinge sind und zufällig zusammengetroffen.

*

Nils, der Bub des Bauern, sitzt im Stroh neben der alten More, der Sau, die ferkeln soll, dass sie mir nur keines erdrückt oder totbeisst, hat der Vater gesagt, bevor er ins Wirtshaus gegangen ist. Die Wehen der Sau kommen dicht hintereinander, ihr Bauch erhebt sich hoch, erstarrt einen Schmerzmoment lang und sinkt wieder zurück, Nils stellt die Petrollampe etwas tiefer, damit er alles gut sehen kann, ihm fällt ein, dass er noch Aufgaben gehabt hätte für die Schule, aber daraus wird wieder nichts, gestern war es ein krankes Kalb, heute die Sau, morgen wird es etwas anderes sein, vielleicht die Runkeln, die er noch mahlen müsste, mit den Heublumen mischen, in Eimer füllen und für die Rinder bereitstellen. Vater fällt immer etwas ein, mit dem drohenden Ton, der keinen Widerspruch duldet. Nils schmiedet, während er auf die Kleinen wartet, Fluchtpläne, seit er sich erinnern kann, macht er das, aber er kann wegen der Mutter nicht fort, die ist krank. Schnell, er beugt sich zur Sau, das erste kleine Ferkel kommt, hochheben, Schleim aus dem Mund, mit dem Stroh trocken tupfen und der Alten an die Zitze, weiter geht's, das nächste, eine Totgeburt, und wieder eine Totgeburt, am Ende leben nur fünf von zwölf, der Vater wird mich totschlagen, schnell die toten Ferkel in den Sack und nach draussen in die Kälte, dort rennt er dem Waldrand zu und wirft die toten Ferkel dem Fuchs hin und ebenso schnell zurück, aber da steht Vater im Stall, drohend und wie immer besoffen, nur fünf Ferkel, die hat doch mehr gehabt, zieht den Ledergurt von der Hose, um dem Bub die angedrohten Prügel, aber der ist weg und auf den Heustock, wo er sich erst spät in der Nacht heruntertraut und sich dem alten Ross an den Bauch legt, ihm sein verweintes Gesicht ins Fell drückt und schliesslich ein wenig einnickt. Will am Morgen ohne Essen in die Schule, da rennt ihm die Mutter mit dem Speckbrot nach und ist ganz blass und zittrig. Später, Nils in der Schule mit schmutzigem Gesicht und Händen, der stinkt wieder, sagen sie und Nils denkt, wartet nur, euch zeig ich's, davon ist er überzeugt, dass er es allen einmal zeigen wird.

Aufstrebend. Hat der zukünftige Schwiegervater den Gästen erklärt. Ein aufstrebender junger Mann. Nils gefällt es, aufstrebend genannt zu werden. Das wollte er doch, einmal ein anderes Leben haben, er sieht sich vor dem Haferbrei sitzen, mit der kranken Mutter am Herd, er sieht sich verschupft und ausgelacht in der Schule mit den viel zu engen Kleidern, den durchlässigen Schuhen, er sieht sich als das Kind eines Hungerbäuerleins, er sieht, wie er lernte und lernte, und hört den Lehrer sagen, aus dir wird einmal etwas. So strebt er also aufwärts und seine Zukünftige kann Staat mit ihm machen, ist sie doch die Tochter des Bankdirektors, aber an der Hochzeit, du verstehst, deine Eltern, vielleicht besser, wenn sie nicht. Natürlich versteht Nils das, der Vater hat ja keinen Anzug und würde sich danebenbenehmen wegen der Sauferei, und der Mutter läuft dauernd ein Speichelfaden, seit sie krank ist. Nils ist wirklich gerne aufstrebend, ist stolz, so genannt zu werden, aber hat Mühe bei den Austern und hat sich noch längst nicht an den Kaviar gewöhnt, auch bei den Schnäpsen und der Zigarre kann er noch nicht mitreden, hat aber gelernt, mit dem Besteck umzugehen, weiss, wofür welches Glas zu benutzen ist, weiss, was ein Fischmesser ist. Seine Zukünftige nimmt es locker, sie ist die einzige Tochter und braucht nur mit dem Finger zu schnippen. Der Schwiegervater wird ihnen zur Hochzeit das Häuschen im Grünen schenken. Nils ist stolz darauf, aufstrebend genannt zu werden, und kauft seiner Liebsten zur Verlobung den Perlenschmuck, Kette und Ohrringe, drei Monatslöhne, aber das soll es ihm wert sein. Und macht alles richtig, wartet den Moment ab, bis Schwiegervater das Zeichen gibt, und fällt vor ihr in die Knie, willst du? Ja, sie will und findet ihn so süss.

*

Nils beobachtet Sine. Bei ihr passt alles, das Schlabberkleid mit den Jeans darunter, das graue gezopfte Haar. Dazu die Falten ihrer Gesichtshaut, die er heute im Schnee gesehen hat, als sie herumtollten wie kleine Kinder in diesem weich Wattigen, hat er es gesehen, als er sich über sie beugte, mit der Hand voll Schnee, um sie einzureiben, hat er ihre Falten von ganz nah gesehen, wie Sternstrahlen, von Mund und Augen her ausgeweitet, den Ohren, dem Haaransatz entgegen, und er hätte sie küssen sollen, aber sie hat sich ihm wie ein lachender Fisch entzogen und ist im weissen Meer verschwunden. Es passt alles, ihre Wutanfälle und ihre Zärtlichkeit, und er spürt noch jetzt, Tage später, ihre duftenden Ölhände auf seiner Haut, so dass er erschaudert, er riecht den Kräuterduft immer noch, der als unsichtbare Wolke an der

Stubendecke hängt, hört ihre sanfte Stimme und in ihren Geschichten von den ausharrenden Tieren die Aufforderung, ebenfalls auszuharren und das Warten auf den Frühling zu üben.

Ihre Beschäftigung mit den Kräutern, wenn sie am Stubenboden hockend ihre Sträusse vor sich ausgebreitet hat, da ein Kraut zum Auskochen hervorzieht, dort eine Staude freudig begrüsst, es passt, wie das Auskochen von Salben, er möchte wegen des Gestankes das Haus verlassen, spielt aber das Versuchskaninchen und lässt sich den schon lange schmerzenden Fuss einreiben. Oder wenn sie sich stundenlang über Bücher beugt, noch in alter Schrift geschrieben, und vergessen hat, dass er vorhanden ist, ihn vielleicht anfährt, auch etwas zu tun und sie nicht dauernd anzustarren.

Bei ihm scheint nichts zu passen, alles in seinem Leben war geplant, inszeniert und gespielt. Vielleicht deshalb sein Zusammenbruch, hat sich sein Körper gewehrt, weil er in Wirklichkeit ein anderer sein möchte? Aber wer er sein möchte, das weiss er nicht.

*

Vorerst einmal ist es müssig, über die Bestimmung seines Lebens nachzusinnen. Sine, die er inzwischen mit dem Namen ansprechen darf, sag Sine zu mir, Sine ist krank, liegt im provisorischen Küchenbett nahe dem Herd und hat, wie es scheint, hohes Fieber, redet wirres Zeug und brabbelt etwas von Essig und Wasser. Nils hat genug, wünschte, das hier oben wäre nur ein böser Traum mit der alten Hütte, der Frau mit ihrem Kräutertheater drinnen und der riesigen Schneemenge draussen, möchte all dem den Rücken kehren, friedlich zu Hause in der Stadt erwachen, es läge alles bereit, sein geordnetes Leben, guten Morgen, Herr Direktor, was kann ich für Sie tun? Da würde seine Frau in das Esszimmer stöckeln, hast du an die Einladung beim Botschafter gedacht morgen Abend, und würde heute noch ein Präsent holen wollen, was hältst du von der Uhr, von der ich dir erzählt habe? So wäre es, alles ganz normaler Alltag. Aber hier, wo soll er beginnen, er, der nichts kann und weiss und ihr selten auf die Finger geschaut hat? Er wird zuerst feuern müssen, dann Tee für sie kochen und das Geheimnis mit dem Essig ergründen.

Atemlos eilt er hin und her, ohne etwas zu verrichten. Bis nur das Feuer im Ofen einigermassen brennt, dazu ihre krächzenden guten Ratschläge von der Liege aus, wegen des Ofenschiebers, der zu öffnen sei, des unteren Türchens, das halb offen sein müsse, eine Kunst, dieses Feuern, und die Tür gegen den Flur ebenfalls einen Spaltbreit öffnen, was er nicht einsieht, bei diesem Schwall kalter Luft von draussen, aber sie krächzt, öffnen, wie eine hässliche Krähe, der man die Federn zerzaust hat, eine Hexe, die dort liegt und ihn schikaniert. Und nochmals ein Feuer, diesmal im Herd, für das heisse Wasser, denn sie brauche Tee, viel Tee, und er müsse in der Stube die richtigen Kräuter suchen, zwei Sorten Tee, Lindenblüten, die werde er wohl erkennen, und den Wasserdost, der sei dort und dort, und sie erklärt, er rennt nach den Kräutern, wie der Hase im Märchen, hin und her, und es ist immer das falsche Kraut und er zu spät, bitter sei es, er müsse versuchen, aber nur wenig, es sei ein gefährliches Kraut, wenn sie sich nur vergiftet, denkt er und sitzt schliesslich erschöpft auf dem Stuhl am Küchentisch mit zwei Krügen Tee vor sich.

Dann das mit dem Essig, wegen des Fiebers, wieder ihre kaum verständlichen Anleitungen, bis er ein Becken gefunden hat, etwas Essig und Wasser hinein, Tücher tauchen und um ihre Waden wickeln, da streckt sie ihm doch tatsächlich die hässlichen behaarten Beine mit den verhornten gelben Fussnägeln hin und er soll die Tücher darum wickeln, dass es ihn graust und ekelt, doch er macht es, und ein dickes Tuch zuletzt über das nasse Zeug, damit das Bett trocken bleibt. Später alles entfernen, die Tücher beim Ofen zum Trocknen auslegen, so dass es gleich im ganzen Haus vom Verdampfen des Essigs zu stinken beginnt. Aber noch nicht genug der Prüfungen, sie sollte austreten, könne aber nicht, dort sei eine niedrige Blechwanne, die solle er ihr unterschieben.

Alles sei nass, flüstert sie später, zu Diensten, stehe zu Diensten, wer bin ich denn, dass ich mich von der rumkommandieren lasse, aber er eilt nach frischer Bettwäsche und Hemd und hofft, sie mache es selber, sich das nasse Hemd ausziehen und das frische, aber nein, wie ein Häufchen Elend sitzt sie bibbernd am Bettrand, so dass er ihr hilft und begreift, dass es schnell gehen muss, dass er diesen nackten Körper schnell bedecken muss, die hässlichen Brüste, wie die so hängen, dass er nicht begreift, sich einmal nach denen gesehnt zu haben. Dann wickelt er sie in eine Wolldecke, bis das Bett frisch bezogen ist und sie aufseufzend wieder liegt. Was soll er jetzt mit dieser feuchten Bettwäsche, keine Waschmaschine vorhanden, also ebenfalls auf dem Ofen in der Stube zum Trocknen auslegen.

Ihm bleibt nichts erspart, er müsse noch ausräuchern, also Hexenwerk betreiben, das hat ihm gerade noch gefehlt, stöbert im Flur die gewünschte Kartonschachtel auf mit den Wacholderzweigen, und sie versucht es ihm zu erklären, obwohl sie beinah nicht mehr sprechen kann, so dass er froh wäre, diese Frau würde endlich schweigen, aber nein, mit der Blechschaufel aus dem Ofen Holzkohle und einige Zweige drauf, befiehlt sie, und schnell durch Stube und Küche gehen, so räuchert er also die beiden Räume, bis sie ruft, genug, und muss am Ende zugeben, dass der Geruch des Wacholders alles wieder ins rechte Licht rückt, irgendwie beruhigt, so dass er beschliesst, das mit Sine durchzustehen und sich nicht länger zu sträuben, und er kann sich nicht vorstellen, was Sine jetzt ohne ihn gemacht hätte, vermutlich wäre sie draufgegangen, denkt er. So ohne jeglichen Kontakt mit anderen Menschen und abgeschnitten von der Welt, jetzt im Winter.

Nils geht nach draussen. Er blickt über die verschneiten, glitzernden Hänge, die von hohen Schneewächten neu geformt worden sind.

*

Sine liegt im schwankenden Schilfmeer, im süsslich bitteren Geruch über blubberndem Grund. Muss daliegen, weshalb, scheint ihr nicht klar zu sein, und wie sie versucht, wenigstens aufzublicken, was schwierig ist, da sich ihre Augen nicht öffnen wollen, verkrustet oder zugeklebt sind, aber wie es endlich gelingt, sieht sie die hohen Stängel, die bis zum Himmel reichen. In aufgespannten Netzen krabbeln grosse Spinnen umher und bauen an ihrem Gespinst. Sie wird also ganz still liegen müssen, um kein Aufsehen zu erregen. Aber wie soll sie still liegenbleiben, wenn sich das Wasser unter ihr zu heben und zu senken scheint, so dass ihr schwindelt und alles kreist, ein Karussell schleifender Schilfstängel und deren Samenbüschel, die sich niederbeugend an ihr vorübersausen, dabei ihre Wangen streifen, immer wieder und wieder, dass sie das harte Schleifen auf ihrem Gesicht kaum mehr erträgt und froh ist, dem schwarzen Wasser entgegenzugleiten, wo die Fläche wellenlos vor ihr liegt, so glatt und dicht, dass es auch schwarzes Öl sein könnte, aber willkommen, sie fühlt sich willkommen, wird erwartet, und wie ihre Fahrt an Geschwindigkeit zunimmt, sieht sie die Augen ihrer Lieblinge, könnten es die Augen ihrer Lieblinge sein, und sie fragt sich, weshalb die plötzlich schwimmen können, aber es scheinen doch keine Schleichen zu sein, sondern andere Reptilien, deren Köpfe mit den reglosen, halb geschlossenen Pupillen erstarrt warten. Dann gleitet sie hinein in das Wasser, das warm und wohlig ihre Haut umschmiegt, gleichzeitig mit den lang Beschuppten, die sich ihr zugesellt haben und zu denen sie plötzlich so viel Liebe verspürt, dass sie sich in ihrer stillen, gleitenden Fahrt für sie öffnet und öffnet, sich ihren Liebsten öffnet, die sich ihrer sanft und doch bestimmt bemächtigen wollen. Würde das bitter Fiebrige, das seltsame Frösteln auf der Haut, würden die starken Kopfschmerzen Sine nicht hindern, würde sie eins werden wollen mit ihnen.

*

Ein kleines Mädchen irrt durch Gänge und gemauerte Schächte, es geht treppauf und treppab, es ist eingemauert und weiss, dass es eingemauert ist, aber da wird doch irgendwo ein Ausweg zu finden sein. Manchmal treffen die schwarzen Frauen auf das Kind, nehmen es an der Hand, packen die kleinen Fingerchen, drücken zu, bis das Kind zu weinen beginnt, und bringen es vor Mutter Oberin, gelobt sei Jesus Christus, in den Keller mit ihr, wo der endlose Marsch des Kindes von neuem beginnt und die grauen Mauern dessen Tränen aufsaugen, als würden die Mauern all die Tränen weiterleiten und gäbe es im hintersten der Räume einen ganzen See salziger Tränen all derer, die in Gottes Namen schon hinabgesperrt wurden. Das Kind ist zäh, wird nicht ertrinken im Tränenmeer, sich nicht kleinkriegen lassen und sucht weiter nach einem Ausweg, den es eines Tages findet, da steht die Tür zum Kohlekeller offen, und *schwupp*, ist das Kind draussen, im klösterlichen Paradiesgarten, wo es an Salaten und Kohlköpfen vorüberpirscht, wieder, schon wieder auf der Suche nach dem Ausweg. Bereits steht es hinten an der hohen Mauer und möchte die Klosterkatze sein, die sich gerade hochhangelt, versucht es ebenfalls, was misslingt, so dass es hart auf dem Boden aufschlägt und ein wenig liegen bleibt, bis sich der Herzschlag und die Schmerzen im Fuss beruhigt haben, da liegt es in der Sonne am Mauerfuss, stochert mit dem Ästchen und ist ein Sonnenkind geworden, wie es so stochert, dann mit den Fingerchen ein wenig zu graben beginnt, traumverloren ins Spiel vertieft und vergessend, dass es sich auf der Flucht befindet, hebt es den flachen Stein an und sieht das silberne Tier darunter, eine kleine silbergraue Schlange, die zusammengerollt verweilt, aber ihre Pupillen öffnet und das Kind anblickt. Freundlich blickt die Silberne, das Kind hebt einen Finger an und legt ihn zart auf den schuppigen Rücken, der sich mit der Berührung zu strecken beginnt, lang wird, sich windet unter dem Finger des Kindes, dann ohne Eile davonschlängelt, die hübsche Schlange, von der das Kind noch nicht weiss, dass es vielmehr eine Blindschleiche ist. Aber die Silberne wird zu seinem Schwesterntier, unzählige Male sucht es bei seinen Ausbrüchen nach ihr. Und da es schweigt, wenn die schwarzen Frauen ihm irgendwelche Geständnisse abringen wollen, braucht es nur an die Silberne zu denken. Denkt an die Silberne, wenn es geschlagen wird oder die Schwarzen ihm vorsprechen, was es nachsprechen sollte, ich bin klein, mein Herz ist rein, aber schweigt, drückt die Lippen zusammen, ich – *Schlag* – bin – *Schlag*, so schlagen sie das Abendgebet in die kleine Verstockte hinein, in den Zigeunerbalg, den vom Teufel besessenen, so dass nur noch der Pfarrer helfen kann, der gerne kleine Mädchen streichelt, aber dass dieses Verstockte beissen und kratzen würde, hätte auch er nicht gedacht. So irrt das kleine Mädchen durch die gewölbten Gänge, geduldig geht es, Tag für Tag entwischt es den schwarzen Frauen, manchmal steht die Tür zum Garten offen, dort wartet die Silberne auf das Kind.

*

Die Mutter geht an der Klostermauer vorüber, die Mutter, die eigentlich keine Mutter ist, weil ihr kleines Mädchen zwei Tage nach der Geburt schon tot war, ungetauft und sündig tot war, wie ihr die Mutter Oberin sagte, sie hätte es taufen lassen müssen, dann wäre es ohne Sünden gewesen und hätte im ewigen

Paradies auf sie, die Mutter, gewartet. Sie geht nicht mehr bei den Katholischen in die Kirche deswegen, weil das Kleine, davon ist sie überzeugt, ohne Sünde gestorben ist, jetzt geht sie zu den Reformierten, die nehmen es mit den Sünden lockerer. Da geht die Mutter, die sich seit dem Tod des Kindes Mutter nennt, auf ihrem Spaziergang beim Kloster vorbei, schon mehrmals hat sie das spielende Mädchen hinter der Klostermauer gesehen, es ist immer allein, kniet vor der Mauer und gräbt in der sandigen Erde, manchmal kommen seltsame Töne, eine Art Vogelgezwitscher, aus dem Mund des Kindes. Es ist ein hübsches Mädchen mit kohlrabenschwarzem Haar, manchmal denkt die Mutter, es könnte ihr Kind sein, jedes Mal wenn sie es sieht, wird es etwas mehr zu ihrem Kind, und weil der Mann auch tot ist und sie so allein, ist sie sich plötzlich ganz sicher, dass es ihr Kind sein muss. Sie beginnt sich so zu sehnen nach dem kleinen Mädchen, dass sie nachts nicht mehr schläft, vor lauter Sehnsucht nach dem vogelzwitschernden Kind, sie würde ihm ein Nest bauen und es füttern und lieben. Wie die Mutter dann eines Tages sieht, dass man die Kleine schlägt, weint nicht das Kind, aber die Mutter weint, sie weint so heftig, viel heftiger noch als beim Tod des Mannes. Dass sie es schliesslich wagt, nach dem Kind zu fragen, sie hätte Zeit und wäre noch jung genug und hätte auch die finanziellen Mittel für das Kind und sogar noch etwas in die Kirchenkasse, das mit der Kasse wird sofort gehört, und weil im Kloster alle mit dem Zigeunerbalg überfordert sind, bekommt sie es schliesslich nach einigem Hin und Her und wird zur Pflegemutter.

Pflegemütter sind in den Märchen böse Frauen, aber weil Pflegemutter das Gefühl nicht los wird, die Kleine sei ihr auferstandenes Kind, was ganz unlogisch ist, trotz ihrer eigenen schwarzen Haare, den gleichen, wie sie das Mädchen hat, wird sie zu einer guten Pflegemutter und das, ohne einen Erziehungsratgeber zu lesen, sie macht alles richtig, ist erst einmal die Vogelmutter, zwitschert mit der Kleinen, füttert sie mit mundgerechten Häppchen, lässt sie neben sich im Doppelbett schlafen und achtet darauf, das Kind nie im Dunkeln allein zu lassen. Und erzählt Märchen, immer wieder dieselben, viele Stunden nur Märchen, märchenhafte Tage, wo man durch viele Prüfungen gehen muss und letztendlich belohnt wird, so dass es später meinte, das Kloster wäre der Beginn eines Märchens gewesen und Pflegemutter die Erlösung. «Joringel und Jorinde» wird zum Lieblingsmärchen wegen der Vögel in den Käfigen, die Pflegemutter beschreiben muss, die hellorangen Federchen des Rotkehlchens, das weisse Spiegelchen hinter dem Auge der Spiegelmeise oder der Gesang der Nachtigall, und weil Pflegemutter Vögel liebt, tönt es echt. Überhaupt die Vögel haben es Pflegemutter und dem Kind angetan, sie rufen die Raben, die auf dem Dach zu warten pflegen, oder die Dohlen, die schwarmweise unter Gekrächze ins Dorf einfallen, und füttern sie dann mit Brotstücken oder Kartoffelresten.

Viele Jahre später, im Heim für vergessliche Alte, ist Pflegemutter zum Jungvogel geworden. Sitzt mit spastisch verkrümmten Fingern, Vogelklauen ähnlich, im Rollstuhl. Sie öffnet den Mund, der in seiner Spitzigkeit einem Schnabel gleicht, wenn der Löffel mit dem Pürierten kommt, diesen Löffel spürt sie noch und schluckt das Essen, Sine weiss, solange sie schluckt, wird Pflegemutter leben. So sitzt sie also im Rollstuhl, eine alte zerzauste Krähe, und die Töne aus ihrem Mund sind wirklich krächzende Laute. Manchmal liest Sine ihr die alten schönen Märchen vor, Rhythmus und Gesang von Jahrhunderten, und wenn sie nicht gestorben sind, so leben sie noch heute. Wie es ans Ende geht, ist Sine bei ihr und wartet darauf, dass ihre Vogelseele der Sonne entgegenfliegt, wie es in den alten Mythen erzählt wird.

*

Obwohl ihr Leben so dahindümpelt, Sine sich langsam zu erholen scheint, sich alles im selben Rhythmus abspielt, Holz herschleppen, Scheite machen, feuern und nochmals feuern, kochen, einmal sogar Bettwäsche waschen im grossen Waschhafen draussen, was den ganzen Tag dauerte und eigentlich schön war, zusammen mit der Frau die Aschenlauge herzustellen, überzuschütten, siebenmal, wie sie sagte, sieben, eine heilige Zahl, und dann das Waten durch den hohen Schnee beim Einrichten und später beim Spannen der Seile vom Stall zur Scheune und zurück, das Seil mit Stangen unterstellend, damit die Wäsche straff zu hängen kam, und dann waren sie beide lachend am Aufhängen der Wäsche, die gleich gefror bei dieser Kälte, trotz dieses ewig gleichen Taktes ihres Lebens spürt Nils Veränderung, als wäre Musik in seine Ohren geraten, als läge ein Summen über den Schneefeldern oder bräche etwas Zugesperrtes auf.

Mit den ersten warmen Tagen setzt die Schneeschmelze ein, ein rinnendes, gurgelndes Schauspiel, von den Dächern herunter, über die Wiesen herab, alles scheint sich talwärts zu bewegen, der ganze Berg. Dort oben ist es nicht Wasser, das talwärts rinnt, es sind Rutsche, ganze Hänge und kleine Lawinen. Unter dem Eis der Bäche schiessen kleine Stromschnellen hervor, abwärts, abwärts, dass es Nils gelüstet, in den Schrank zu schauen, ob sein Anzug, das Hemd, die Krawatte noch da sind, und wirklich, sie hängen an irgendwelchen Haken, so lieblos seine schönen Kleider, dass er am liebsten gleich, was möchte er eigentlich gleich, seine Nase in den Stoff drücken, das Zeug anziehen und losmarschieren, aber da steht die Frau hinter ihm mit Blitz und Donner im Gesicht, die böse Zauberin, die ihn an sich gebunden hat mit unsichtbaren Fäden, und ätzend, wie kann man so ätzend sprechen, nicht mehr erkennbar ihre Stimme, jetzt zeigt sie endlich ihr wahres Gesicht, sie sagt, der Weg wird in zwei Tagen begehbar sein. Und rauscht hinaus, die Tür hinter sich so heftig zuschlagend, dass die Fensterscheiben klirren und der ganze Berg für Momente das Atmen vergisst. Dann wütet sie, Nils hört es gut, wütet sie draussen weiter, schlägt mit dem Beil die Hölzer klein, Kleinholz macht sie, Scheite, und schlägt und schlägt, dass es ihn ängstigt, so schlägt sie zu, die Frau.

Es wird ein ungemütlicher Abend, denn Nils hat den Anzug draussen unter dem Dach an die Luft gehängt, damit der Kräutergeruch ausfahre, hat er es absichtlich gemacht, um sie noch mehr zu reizen? Aber das Nachtessen verläuft friedlich, sie beginnen sogar zu sprechen miteinander, ohne das Wesentliche, seinen Auszug, zu erwähnen, sie sprechen davon, wie gut es ist, noch Gemüse im Keller zu finden für eine gute Gerstensuppe, und unter dem Dach würde ja noch etwas Speck hängen, der habe die Suppe erst richtig gut gemacht, so Geschwätz eben, und da es Samstag ist, weiss er, sie wird sich waschen wollen, der Herd ist angemacht, das Wasser bereits dabei, warm zu werden, er wird sich also früh hinlegen wollen, keine Spielchen heute mit Zusehen oder so, er wird sich zur Wand kehren, ohne sie begehren zu wollen, die hässliche Alte. Die ihn hier den Rest seines Lebens in Gefangenschaft halten will, demnächst wird sie ihn hinter Gitter stecken, um seiner sicher zu sein.

*

Sie wird ihn mit dem Beil erschlagen, es wird in allen Zeitungen breitgeschlagen werden, Einsiedlerin erschlägt Banker. Trotz der Schlagzeilen wird sie ihn erschlagen wollen, und sie wägt das Beil in der Hand, bevor sie zuschlägt, so wird sie es machen, und sie übt es und schlägt so auf das Holztütschi ein, dass es gleich beim ersten Hieb gespalten wird, ein sauberer Schnitt, so wird sie es machen und niemand, das hatte sie sich einst geschworen, niemand wird ihr je wieder was wegnehmen. Das Liebste, das sie hat, und beginnt nochmals nach den alten Geschichten zu schlagen, die längst hätten vorbei sein müssen. Erst einmal schlägt sie auf die Frau mit der Brosche und dem Häubchen, die ihr zugelächelt hatte, so zuckersüss zugelächelt, sich in ihr Vertrauen gelächelt hatte, der schlägt sie das falsche Lächeln aus dem Gesicht, dann den schwarzen Frauen ihr Gefasel vom lieben Herrn Jesu, der kommt, um sie zu erretten, und sie hatte gewartet und gewartet, dass er komme und sie da weghole, und als sie meinte, der Herr Pfarrer sei der liebe Herr Jesu, weil er sie so zärtlich gestreichelt hatte, auf den Arm hatte er sie genommen, vielleicht ein Küsschen, aber ganz lieb, so dass sie sich freute, wenn er kam, auf den schlägt Sine nun mit aller Kraft, und wenn er hier stehen würde, hätte sie ihn gleich erschlagen. Aber Schlagen ist anstrengend, und die Arme wollen ihr abfallen vor lauter Kraftlosigkeit, und die Geschichten sind doch noch lang nicht zu Ende gedacht. So setzt sich Sine also neben den Scheitstock und sieht von weitem, dass er aus dem Haus kommt mit dem blöden schwarzen Anzug, er hat sogar einen Kleiderbügel gefunden, wusste ich gar nicht, dass ich so was habe, denkt Sine und rückt etwas näher zur geöffneten Scheunentür. Es lächert sie gehörig, wie er das hässliche schwarze Lieblingsstück am Ast ihres Holders, ihres heiligen Baumes, aufhängt und streichelt und bäschelt, nochmals glattstreicht, die gestreifte Krawatte ausschüttelt, ebenfalls hinhängt, so unpassend dieses Kleid am Ast, Sine hätte es glatt als Vogelscheuche durchgehen lassen. Er schaut hoch, hat sie entdeckt und ruft ihr etwas von einem weissen Hemd zu, will es wohl gewaschen und gebügelt haben, der feine Herr, kannst mir gestohlen bleiben, ruft Sine zurück, steht auf und scheitet weiter, aber gemässigter, an ihren Holztütschi. Später kommt er hinzu, nimmt ihr das Beil aus der Hand, macht weiter, sie stapelt die Scheite an der Scheunenwand.

*

Im Holder hockt eine vom kleinen Volk, dessen Urmutter die Frau Holle ist, sie ist selber uralt, hat schon in den Zweigen der letzten Holdersträucher gesessen und zügelt jeweils einfach wieder in den neu wachsenden. Es steht ja immer einer neben dem Stall, das wissen die Leute zum Glück noch, dass der Holder heilig ist und bei vielen Gebresten helfen kann, eine Art Apotheke, strecken sich die gichtigen Alten doch jeweils nach den töteligen schwarzen Beeren und machen Saft daraus, andere wieder sammeln die Blüten, um diese getrocknet bei Fieber einzusetzen. Der Rindenbast wird bei Schmerzen verwendet, bei Verstopfung hilft ein Absud aus Blättern und Beeren und, jetzt kichert das Weiblein, sie hat im Frühsommer schon manchen jung Verliebten den Kopf verdreht mit dem zitronigen Duft der Blüten.

Das Weiblein langweilt sich, und wie der schwarze Anzug zum Auslüften an die noch winterstarren Zweige gehängt wird, kichert es, weil ihm etwas gegen die Langeweile eingefallen ist. Wie die Frau unter dem Busch durchstapft, und man sieht es gut, mit Wut stapft sie, dass der gefrorene Boden zu zittern scheint, da streut das Weiblein etwas gelbgrünen Staub, Holderblütenstaub und zerriebenen Fliegenpilz über die Wütende da unten, so dass der Staub sie ganz zart umschleiert und sie stehenbleiben muss, an sich hinabsieht, verwundert den Staub zur Seite wischt, aber an den Fingern riecht, etwas davon mit der Zunge kostet, fein, so fein, dass sie die ganze Hand gierig mit der Zunge leckt wie eine Geiss das Salz, sie nimmt ein Zipfelchen des schwarzen Stoffes in die Hand, hält es an ihre Wange, betrachtet verwundert den Anzug da am Bügel, und wie krächzend die Raben vorüberfliegen, die frechen Schwarzen, die alles zu kommentieren wissen, dabei geht es sie gar nichts an, wenn sie den Anzug an ihre Wange drückt, da weiss die Frau plötzlich, was zu tun ist. Das Weiblein lehnt sich kichernd zurück.

Die Frau geht zur nahen Scheune, über die Leiter hinauf auf die Strohbühne und wirft ein Bündel in die Jahre gekommenes staubbrüchiges Stroh hinunter, sucht Schnüre und findet Garbenseile, die man in der alten Zeit zum Binden der Gersten- oder Roggengarben auf dem Feld brauchte. Zuerst stopft sie den Anzug mit gebündeltem, verschnürtem Stroh aus, irgendwie menschenähnlich, mit dem Kopf wird es schwierig, aber sie steckt Stroh in einen alten Kartoffelsack, ebenfalls zugebunden ergibt das ein Gesicht, das in das Jackett eingefügt wird. Jetzt hat sie die Vogelscheuche, stösst ein hämisches Lachen aus, denen wird sie es zeigen, sie ist in ihrer unbeschreiblichen Wut gerade recht aufgelegt, und sie meint die schwarzen Schreivögel, die den halben Tag ihr Geschwätz auf den Dächern abhalten, so bückt sie sich also hinunter, um die Puppe hochzuheben. Und weiss nicht, dass sie beobachtet wird vom Holder herauf, wo das Weiblein atemlos verharrt, denn es weiss, was kommen wird. Was die Frau aber nicht weiss, ist, dass der Strohmann seine Arme langsam hochhebt, nicht wie ein Mensch, sondern irgendwie harzig, aber er hebt sie hoch und legt sie einen nach dem anderen *klapp, klapp* um die Frau, die gleich erstarrt und einen Schrei fahren lässt, aber es fühlt sich trotzdem gut an, das Umarmtwerden, und sie vergisst, dass es eine Vogelscheuche ist, lässt sich also umarmen und herzen und staunt, wie sie es geniesst, und weiss plötzlich, dass sie sich schon Monate darnach gesehnt hat, sich lieben zu lassen. Unten auf dem Holder hockt verschämt das Weiblein, dem die Sache doch nicht ganz geheuer ist, es hat den Arm vor die Augen gelegt, blinzelt aber etwas darüber hinweg und beobachtet das Liebesspiel der beiden, die sich schamlos ineinander verschlungen haben.

*

Frühlingsabend am Berg mit diesem besonderen Duft von Moos, feuchter Erde und Erwartung. Morgen wird Nils in die Stadt zurückfahren, er könne ja nicht ewig hier bleiben, das sehe sie doch ein. Sie sprechen verständig miteinander, so wie erwachsene Leute das tun sollten, und es gibt nochmals Gemüsesuppe mit Rollgerste, sie sitzen sich gegenüber, zählen die Tage, wie lange er hier war, und er spricht über die erste, schwierige Zeit, als er sich vor ihr gefürchtet habe, so dass sie lachen müssen wie über einen gelungenen Witz, und sie sind einander ganz nah, jeder versteht den anderen vollständig, es gibt keine offenen Fragen mehr, sie löffeln einander gegenüber sitzend die Suppe, pusten hinein, weil sie ja noch heiss ist, und sind wirklich sehr verständig, beteuern, dass man die besondere Situation mit ihnen beiden nicht vergessen will, und Sine fragt ihn noch, ob der Anzug nicht mehr rieche und ob er es schaffe, zu Fuss bis ins Dorf, aber sie wisse doch, dass er jetzt kräftig genug sei, sagt er, so reden und reden sie, um die Zeit, die ihnen noch bleibt, irgendwie totzuschlagen, aber die dümpelt trotz ihrer Bemühungen dahin. Sine sagt, sie wolle jetzt das Wasser aufsetzen, damit er sich nochmals waschen könne, so ein letztes Ritual, ganz vernünftig Wasser aufsetzen und die Blechwanne bereitstellen.

Später werden sie nicht sagen können, wer zuerst und ganz plötzlich den anderen begehrlich angeschaut hat, wer zuerst die Arme ausgebreitet und wer begonnen hat, den anderen auszuziehen, wer zuerst geflüstert hat, ich werde dich so vermissen. Auf alle Fälle war es ein Durcheinander von Gefühlen, mit Wut, Begehren und Lust, ein Wassergespritze und ein nasser Boden, als wäre eine Mure niedergegangen und deren Wasser ins Haus geschwappt, dann ein Ineinandergleiten als letzte Menschen dieser Erde. Abgetrieben im grossen Ozean auf einer schmelzenden Eisscholle, mitgerissen im Abbruch der Gletscherzunge, überschüttet von Ascheteilchen eines ausbrechenden Vulkans. Später tröstet er die heulende Sine, die sich nicht mehr beruhigen kann, und er versichert ihr mit diesem leichten Anflug von Lüge, man sei ja nicht aus der Welt.

*

Sine steigt bergwärts über die aperen Hänge. Sie ist auserwählt, als Erste den Blütenteppich zu beschreiten, und da sie es weiss, geht sie sachte an den zart lilafarbenen Blütenkelchen der Krokusse vorüber, die alle mit dem Geheimnis goldgelber Staubfäden im Inneren versehen sind. Sie steigt höher hinauf und wird bald die Schneeschuhe anziehen müssen. Bereits liegen die glitzernden Hänge über ihr, da stellt sie fest, dass sie nicht die Einzige ist, scheucht ein Schneehuhn aus den Stauden, später einen Birkhahn, sie begegnet einer Gämse, die vermutlich wegen einer Augenkrankheit seltsam zahm ist und Sine nicht zu bemerken scheint. Weiter oben eine einsame Wolfsspur, am Himmel das Adlerpaar. Später setzt sie sich auf den gelben Stein, der einmal vor tausenden von Jahren vom Gletscher hier abgesetzt worden ist, sie fährt wie schon oft mit den Fingerkuppen den geheimen Botschaften auf der Oberfläche nach, versucht zu entziffern, zu begreifen. Der Text ist schwierig und in einer unbekannten Runensprache verfasst, aber Sine versteht trotzdem, dass er vom Geborenwerden und vom Sterben handeln muss und von dem, was dazwischen liegt, von der Zeitspanne mit all den Hoffnungen, Niederlagen, Entdeckungen und der Liebe, dieser von der Erdgöttin geschenkten Zeit, oder geschenkt von wem auch immer. Spielt eigentlich keine Rolle, von wem, wichtig ist, diese Zeit zu nutzen. So fährt Sine mit den Fingerkuppen den Runen nach und nimmt beim höchsten Stand der Sonne Meissel und Hammer aus dem Rucksack. Dann beginnt sie mit den Zeichen, und sie weiss, dass er gerade jetzt aus dem Haus getreten ist, um in sein altes Leben zurückzukehren, nun nimmt sie den Meissel, setzt ihn an die richtige Stelle und schlägt zu, Punkt für Punkt bannt sie die Buchstaben in den Stein, den letzten seines Namens und ihren ersten, S S, einander zugekehrt als Doppelherz. Der Wind wird ihm beim Gehen den Hall zuschicken, er wird stehenbleiben und die sausenden S an seinem Ohr vernehmen. Das Wasser wird über den Stein rinnen, und irgendwo an einem Fluss wird er, den Lauf der Wellen beobachtend, sich staunend der Verknüpfung ihrer Namen erinnern, dann wird er sich, unterwegs zur Arbeit, bei einem frühlingshaften, noch leeren Blumenbeet niederknien und das Doppelherz in die weiche Erde eindrücken.

*

Unter dem Bittersüss an die Trockenmauer angelehnt die Frau, die wir bereits kennen und die uns doch seltsam fremd erscheint. Da sitzt sie, das Gesicht der Frühlingssonne zugekehrt, und wartet, wagt kaum zu atmen, um die Silberne beim Erwachen nicht zu stören. Da beginnt es in der Kuhle ihres Halses zu zittern und zu beben, etwas Kühles kreist, ringelt aus, macht sich hin und her windend lang, bewegt sich blitzschnell über Achsel und Arm zur Mauer, hält einen Moment inne, hebt kurz die Pupillen an, verharrt Auge in Auge mit der Frau, eine Ewigkeit oder einen Atemzug lang, die Frau wird es später nicht benennen können, und verschwindet im Gewirr der geschichteten Steine. Jetzt können wir ohne einander, denkt die Frau und geht heimzu.

*

Ein kleiner Wintereinbruch im Vorfrühling, nichts Besonderes oben am Berg, Sine lässt es nochmals ruhig angehen, verschiebt die Gartenpläne, den Dorfgang für die dringendsten Einkäufe. Sie spaltet nochmals Holz, trägt dieses ins Haus, beim Vorübergehen stösst sie an den Holderzweig, der beginnt zu wippen, federnd auf und ab zu wippen, da kommt das Bild, das lang in der Versenkung gelegen, das Bild kommt mit Gewalt als Überfall in Sines Leben zurück. Sie sitzt als kleines Mädchen auf dem Ast, wippt auf und ab, und die Mutter, es muss die Mutter gewesen sein, winkt aus dem schräggestellten Fenster des Wohnwagens, da schlägt eine Autotür, nein, es ist nicht Vaters Cadillac, vielleicht kommen die Cousins zu Besuch, dann hört sie die Schreie, aus dem Wohnwagen die Schreie, es stehen Leute vor der Tür, weshalb öffnen sie diese nicht, und eine Frau, eine schöne mit weisser Schürze und weissem Häubchen, einer Brosche am Hals, die rennt auf sie zu, und Sine sieht sich die Ärmchen ausstrecken, der Frau entgegen, die sie vom Ast hebt und gleich ihrer Mutter bringen wird. Dann nur noch Durcheinander, Schreie und all das Schreckliche, das später folgte.

Hört denn das nie auf, bin ich das ganze Leben lang ein aus der Familie herausgerissenes Kind, dem die Identität genommen wurde, ein Zigeunerbalg? Sie hätte so gerne vergessen und auch verziehen. Aber kann sie jemandem verzeihen, der keine Schuld eingesteht, der Behörde, der Kirche, der Pro Juventute? Diejenigen, die aus den Kindern der Fahrenden Sesshafte machen wollten, sind längst tot. Sie stülpt sich wieder einmal das Lederband mit der Goldmünze über den Kopf, aber zu spät, die Trauer hat sich ihrer bemächtigt wie lange nicht mehr. Was soll sie nur tun, Sine geht und geht, von der Küche in den Flur und zurück in Küche und Stube, eine Verfolgte der alten Geschichten, und es hilft nicht, an das Glück zu denken, das sie später nach dem Heim mit der Pflegemutter gefunden hat, die eine richtige Mutter für sie war. Die Schreie haben sich bereits in ihren Ohren festgesetzt.

*

Was knistert und knackt, was chrüschelt und kracht? Und wer ist die Frau mit dem grauen Zopf, die sich suchend über seltsame Dinge beugt, den aufgeschichteten, einem Ameisenhaufen gleichenden Berg von Teilen, nur viel gröberen Teilen, als wären da Riesenameisen am Werk gewesen, und sie müsste den Haufen durchsuchen, auskundschaften, weil die Tiere

Geheimnisse zurückgelassen hätten. Da beugt sich die Alte also über das Sammelsurium von Steinen, Hölzern, Kräuterresten und undefinierbarem Trockengut und murmelt Worte, die Verwünschung, Zauberei oder Bannspruch sein könnten, durchsucht sie mit flinken Fingern, dass es den Anschein macht, als wisse sie genau, wonach sie suche, und wie sie den roten Stein, die Koralle, findet, hebt sie das Stück triumphierend hoch, so dass es ihr auch die vom Flackerschein an Wand und Decke geworfenen Schatten nachmachen, lauter Fratzen mit ausgestreckten Armen. Die rote Koralle, von Zigeunern stammend, Generation um Generation, von der Grossmutter zur Tochter, von der Tochter zur Enkelin weitergegeben, wem wird sie das kostbare Stück, das magische Abwehrmittel gegen alle Anfechtungen von aussen, wem wird sie es einmal weitergeben? Unwichtig, sie birgt es in der Hand und lässt das Meer brausen und toben, sie lässt sich mit dem Stein in den Wellen mittreiben und weiss, dass ihr nichts geschehen wird, so gewiegt und getragen im Glanz des Steins, im Flackerschein des Herdfeuers. Sie fädelt den Stein zur Münze auf die Schnur, zwei Dinge, Münze, Koralle, da fällt ihr der Bittersüss ein, der entzündungshemmende Nachtschatten, zu dem sie, aus welchen Gründen auch immer, Anziehung verspürt, sucht, durchpflügt weiter, weil sie weiss, dass irgendwo ein Stück sein sollte, scheidet gleichzeitig einige Restkräuter zum Räuchern aus, Wacholder, Johanniskraut, Beifuss, während sich draussen die Welt dreht und dreht, Flüchtlinge als riesige Herausforderung ins Land schwappen, während Erdbeben ganze Inseln im grossen Ozean auffressen und das Volk der Banker, die Auserwählten, rafft und rafft, während all dem beugt sich Sine über die Dinge des Ursprungs, möchte selber Ursprung sein, sucht nach dem alten Abwehrzauber, um sich besser gegen Anfechtungen von aussen schützen zu können. Da ist wirklich die Wurzel, die sie am bitteren Geschmack auf der Zunge erkennt, und sie fädelt sie zur Münze, zur Koralle, streift sich die Schnur über und hebt ab.

Hebt ab in das Reich der Sinne, wo alles möglich wird, und Sine lässt es möglich werden, sie glaubt daran, es möglich werden zu lassen, nun entnimmt sie dem Ofen die glühende Holzkohle und streut den Beifuss, der sich sofort als bitterer Rauch in die Küche flüchtet, so ist es mir zumute, sagt Sine, so bitter, so habt ihr es mir gemacht, sagt sie erst leise vor sich hin, streut weiter im Kraut die ganze Bitternis ihres Lebens und lässt diese in Rauch aufgehen, während sie spricht und alles hersagt, die ganze Geschichte von damals, vom kleinen verlassenen Mädchen, spricht sie immer heftiger, wird richtig laut, bis sie die Dinge aufgewühlt in den bitteren Rauch hineinrufen kann und mit den Nadeln des heiligen Wacholders mischt, sticht zu, sticht zu, in die Frau mit der Brosche, den Landjäger, die scheinheilige Behörde, alle spiesst sie auf an ihren Nadeln und hofft, diejenigen, die noch leben, würden am eigenen Leib verspüren, wie es ist, von aller Welt verlassen zu sein und totgestochen. Noch einmal einige Nadeln, aber die Wut ist beinah verraucht und es bleiben nur noch einige klägliche Versuche übrig, der Schwiegermutter des Bauern einige Stiche zuzufügen, doch die Zauberei ist beinah beendet, da die Luft inzwischen beinah sauber erscheint und der Rauch sich als Nebelwand an die Küchendecke verflüchtigt hat, jetzt zum

Schluss das Sonnenkraut, die *Perforata*, was «durchstochen» heisst, und trotz der durchstochenen Blätter, deren winzige Löcher von blossem Auge erkennbar sind, trotzt das Johanniskraut allen Anfechtungen und ist dem Licht zugetan, der Sonne, aber tiefrot der Saft wie das Blut, das in ihr voller Kraft bis in die kleinsten Zellen strömt, vom Pulsschlag getragen.

Sine hat sich ausgetobt, sitzt im verbleibenden Duft des Kräutergemischs, schiebt sorgfältig den Haufen von Stücken zurück in den Sack und stellt sich vor, wie ihr Lieblingsameisenvolk den Haufen gesammelt hätte, Stück für Stück in jahrelanger Arbeit, und ihr dann feierlich übergeben. Sie hätten ihr alles vorgeführt, hier eine Tannennadel, da ein Thymiansamen und hier die Mumie eines Insekts, sie hätten sich dabei zierlich verbeugt, wie es eben nur Ameisen können, das Geschenk auf dem Haufen abgelegt, der immer grösser und grösser geworden wäre. Sine sitzt in der erkaltenden Küche und umfasst mit der Hand ihr Amulett: Münze, Koralle, Bittersüss. Bald wird sie schlafen gehen.

*

Da war ein Bauer, der brachte seine zwei Kühe auf die Alp, aber der Senn hatte schon genug Kühe oben, wer soll die mir alle hüten? Wenn du mir dein Bräutlein gibst, damit es hilft beim Viehhüten, will ich deine Kühe dazunehmen. Dass du mir meine Braut ja in Ruhe lässt, sagt der Bauer und verabschiedet sich. Dem Senn gefällt die Braut aber sehr gut und er beginnt ihr nachzustellen, wo immer er sie grad sieht, beim Hüten, beim Melken oder beim Kochen. Nachts kann sie sich nicht wehren und der Senn fällt über sie her wie ein

Felsklotz, mit so grosser Gewalt, dass das Mädchen anderntags nur noch weint und weint und sich der Senn ärgert über das Geheul und das aufgedunsene Gesicht der Braut, und wie er Holz scheitet, schlägt er ihr den Kopf ab, um sich das Gejammer nicht mehr anhören zu müssen.

Die Knochen und was sonst noch übrigbleibt, vergräbt er unter dem Wacholderstrauch. Wie der Bauer kommt, um seine Braut zu besuchen, ist diese verschwunden und unauffindbar und der Senn will nichts von allem wissen. Der Bauer geht hinaus aus der Sennhütte, setzt sich unter den Wacholder und weint und weint seiner Liebsten nach. Da rauscht es im Strauch, öffnen sich die Zweige und in roten Feuerzungen zischt es, dann fliegt ein Vogel daraus hervor und beginnt gleich wunderschön zu singen:

Der Senn, der mich erschlug,
der Senn, der mich kochte
und meine Knochen unter dem Wacholder begrub,
ach, was für ein schöner Vogel bin ich,
twiwitt, twiwitt!

Da sagt der Bauer, sing mir das Lied nochmals, aber der Senn stürzt aus der Hütte, weil er das Singen des Vogels nicht ertrage und das Gefühl habe, es werde gleich ein schreckliches Unwetter kommen. Nochmals bittet der Bauer den Vogel zu singen. Der Vogel aber sagt, er werde nur singen, wenn er den grossen Stein bekomme, den man zum Pressen der Käselaibe braucht.

Den kannst du haben, sagt der Bauer und legt ein Seil um den Stein, so kann der Vogel den Stein hochheben.

Da stürzt der Senn wiederum aus der Hütte, als hätte er einen Geist gesehen, und der Vogel lässt den Stein auf den Sennen fallen, so dass er erschlagen am Boden liegt. Um den schönen Vogel aber raucht und zischt es, und er wird wieder in das Mädchen verwandelt. Braut und Bräutigam heirateten und lebten glücklich bis an ihr Ende.

*

Sine sieht den Postboten kommen, er verirrt sich drei-, viermal pro Jahr hinauf, um Gemeindenachrichten zu überbringen. Sine geht also schon einmal nach dem Kräuterschnaps, sie weiss aus Erfahrung, dass sie den Pöstler nicht so schnell loswird. Und wirklich, der Franz kommt rein, stellt den Rucksack in den Flur, wie geht's, wie steht's, legt ab, sitzt bereits am Küchentisch und lässt sich den Schnaps servieren. Zuerst wie immer befangenes Schweigen, zuerst muss sich der Franz etwas erholen von der seltsamen Erscheinung Sines, keine Frau im Dorf kommt so daher, mit komischem Zeug an einer Schnur um den Hals, mit langem zauseligem Haar, dieses irgendwie geflochten, wie es früher die Mädchen hatten, die Küche ebenfalls, denn nach der Frau wird der Raum inspiziert, mit den Hölzern am Boden, verstaubt, lange nicht gefegt, überhaupt eine schreckliche Sauordnung mit den Stoffsäcken auf dem Tisch, so dass für Gläser kaum mehr Platz bleibt, Sine weiss, dass er alles in der nächsten Stube weitererzählt, die Frau, wie keine sonst, wie die rumläuft, und die Küche solltet ihr sehen, und sie werden an seinen Lippen hängen. Aber wie er alles gesehen, bestaunt und in Gedanken kommentiert hat, wird er der lustige Franz, der sie in der alten Zeit schon mal in eine Ecke gedrängt und etwas betatscht hatte, wie er also seine Neugier befriedigt hat, näher gerückt ist, können sie ganz gut miteinander reden. Das heisst, Franz erzählt ihr die Neuigkeiten vom Dorf, die Heimlichkeiten, wer mit wem und warum, und erzählt es mit Verschwörermiene, so dass Sine gut aufpasst, nichts Unpassendes zu erwidern, es gäbe gleich ein Gerücht darüber. So schwatzt der Franz, erinnert sie zwischendurch mit einem Augenzwinkern an die alten Zeiten, als alles noch viel lustiger gewesen, und da sei also einer ins Dorf gezogen, weisst du, in das ehemalige Haus der Clara selig, die noch abgestammt wäre von den Caflischs her, und der habe das Haus gekauft, man munkelt sogar, der sei steinreich, ja, vielleicht im Lotto, aber einer sagte, der sei in der Grossstadt, wo jetzt schon wieder, spielt keine Rolle, in der Stadt sei der Banker gewesen, und gestern, und jetzt lacht der Franz und lacht, dass er sich nicht erholt, habe er gefragt, wann man Karotten säe und Kartoffeln stecke, und die Frau, eben seine, habe gesagt, jetzt, aber er müsste schon etwas Garten haben. So geht das Geschwätz, ein unaufhörlicher Strom, aber Sine hat das mit dem Banker aufgeschnappt, wie ein halb verhungerter Fisch nach Nahrung schnappend. Als erwartete sie den nächsten Brocken und wiederum den nächsten und fütterte sie wer in Raten, schnappt sie die Brösel auf, die ihr der Postbote mitteilt, und sie weiss, von wem der spricht. Den Namen wisse er nicht, aber er sei gross und etwas schlaksig, der könnte bei dir in die Lehre gehen, spasst ihr Besuch, und wenn der wüsste, dass der neue Dorfbewohner schon bei ihr in der Lehre gewesen ist, den ganzen Winter hindurch, aber lassen wir das, denkt Sine, und weil sich unverhofft Glück in ihr ausgebreitet hat, trinkt auch sie einen Schnaps.

*

Trari, trara, mit Pauken und Trompeten begleiten wir Nils in sein altes Leben zurück. Oder ist es eher ein Trauermarsch, wie er ins Dorf hinunterläuft, ohne Abschied, die Frau hatte sich aus dem Staub gemacht, nur mit einem kleinen, hingekritzelten Abschiedsgruss, und war nirgends zu finden, er also ohne Umarmung, wie er es sich vorgestellt hatte nach der letzten Nacht, unterwegs ins Dorf zur Postautohaltestelle mit dem schwarzen Anzug, so dass es ihm selber unpassend erschien, so gelackt eine Bergstrasse hinunterzugehen und noch eine Stunde im Dorf zu warten. Da sah er an einem der alten Häuser das Schild, *ZU VERKAUFEN*, so dass er für einmal nichts überlegte, sondern nach einigem Nachfragen den Verkäufer fand, den Enkel einer kürzlich verstorbenen Uralten, und sich sagen hörte, ich kaufe das Haus. Also schnell mit dem Enkel ein Durchgang durch das Haus, alt, etwas verkommen, aber mit gutem Dach und Ofen. Später sitzt Nils im Zug und denkt an sein gerade erworbenes Haus, natürlich noch ohne Grundbuchamt und alles Drum und Dran, er überlegt erst jetzt, was er sich da eingebrockt hat. Der Heimweg gerät schwierig, ein Sträuben in ihm, das den Gefühlen von damals bei seinem Auszug nahe kommt, er hätte sich einen Felsklotz auf den Geleisen gewünscht, damit der Zug hätte warten müssen, stundenlang wäre ihm recht gewesen, aber die Vororte und dann die Stadt eilen ihm entgegen, sieht von weitem den Glaspalast, vor dem es ihm graut, unerklärlich graut, als hätte er sich bei Sine oben mit irgendwas infiziert, mit einer Art Virus, so dass er diesen Glaspalast und die vermutete Arbeit darin nicht mehr erträgt, und wie er dann todmüde vor seinem Haus steht, immer noch mit dem Grauen in sich, und läuten muss an seiner Haustür, was ihm so seltsam erscheint, an der eigenen Haustür zu läuten, und wie ihm die Frau öffnet, die doch seine Frau ist, hübsch im kleinen Schwarzen, da sie grad auf dem Sprung sei, hört er sich sagen, er komme nur schnell, um alles zu bereinigen, er habe ein Haus gekauft, und da er doch bald pensioniert werde, stelle er die Arbeit gleich ein und ziehe aus, ins Bergdorf hinauf.

Später wird er nicht mehr wissen, weshalb er das gesagt hat, ohne Küsschen rechts und Küsschen links für seine Frau, die er so lange nicht gesehen hat, er wird erstaunt über seinen schnellen Entschluss nachsinnen, aber erst einmal das Theater seiner Frau über sich ergehen lassen müssen, zu der Hexe dort oben ziehst du, bist nicht ganz bei Trost, hätte es mir denken können, rechter Abstieg vom Banker mit guter Pensionsaussicht zu einem, aber ihr fällt nichts ein, was dem Wort Abstieg ähnelt, sie doppelt nach, bist wieder dort, wo ich dich schon einmal aus dem Sumpf gezogen habe. Den Rest vernimmt er als Säuseln, weil es bösartig wird und er sich noch nie wehren konnte. Jetzt gäbe er viel drum, könnte er in den Flur der Frau eilen, mit der Blechschaufel nach dem Wacholder laufen, ausräuchern, so dass der aufsteigende Rauch das Gekeife zum Schweigen bringen würde.

In den nächsten Tagen wird er noch nicht zum räuchernden Schamanen, sondern zum Frosch, bis zum Hals im Wasser stehend, nach Atem ringend, manchmal beinah ertrinkend, so dass er sich wünschte, die Wellen würden über ihm zusammenschlagen und er wäre tief unter Wasser in der Geräuschlosigkeit der Krebse und Muscheln. Dann packt er etwas Weniges an Kleidern zusammen und verlässt aufatmend sein altes Leben.

*

Sine sitzt unterhalb des Hauses auf dem Steg, der über den Bach führt. Sie schlenkert mit den Beinen und blickt auf den schnellen Lauf des Wassers. Eiskaltes Schmelzwasser von hoch oben. An der Böschung blüht Bachnelkenwurz, gefiedertes Mädesüss macht sich breit und der Farn schlägt aus. Es riecht nach nassem Moos und nach verfaulter Rinde. Sine wartet, für einmal kein ungeduldiges, nervenaufreibendes Warten, sondern eines, als hätte sie alle Zeit der Welt. Sie malt sich die erwartete Begegnung auch nicht aus, erlebt diese nicht im Voraus und nimmt sich damit etwas, was nachher nicht zu wiederholen ist, ihr Warten gleicht vielleicht dem Warten des brütenden Adlers, der geduldig auf dem einzigen Ei sitzt, bis der kleine Schnabel die Schale sprengen wird. Sie weiss, dass er sich irgendwann auf den Weg machen wird, seit Tagen weiss sie es, weshalb soll sie also nicht auf den grauen Brettern des Stegs sitzen und wie ein kleines Kind ins Zählen geraten zum Zeitvertreib, die Astlöcher der Bretter zählen, die Rufe eines Kuckucks, die Cumuluswolken und vielleicht den Herzschlag, der sich heute besonders ungestüm gebärdet.

Nils nähert sich, atemlos vom schnellen Bergansteigen. Er setzt sich neben Sine, die nicht einmal aufgeschaut hat. Endlich sagt Nils etwas, Schmelzwasser, sagt er, dann noch etwas, was Sine sehr zu verwundern scheint, er sei gekommen, sie zu bitten, den nächsten Winter mit ihm unten im Dorf zu verbringen, er habe jetzt auch ein Haus, und letzten Winter wärst du gestorben mit der Grippe so allein da oben. Ja, sagt Sine, könnte sein, aber noch ist es Frühling. Dann stehen sie auf und gehen dem Haus entgegen.

*

Ein Frühlingstag mit erstem Hitzeflimmern am Waldrand unten. Die Frau sitzt auf der Lesesteinmauer. Sie erkennt die gezackten Blätter der Betonie, die perforierten des Johanniskrautes und die breiten, in Rosettenform angelegten der grossen Königskerze. Bereits blühen der kriechende Günsel und die Frühlingsschlüsselblume. Der Bittersüss zeigt erste Blätter an den verholzten Stielen. Die gelben Blüten der Berberitzen riechen faulig bitter, und die Blattkerzen des Mehlbeerbaumes schwanken im aufkommenden Wind. Von weitem tönt Wasserrauschen. Ein Adler zieht seine Kreise und schraubt sich der Sonne entgegen. Es wiederholt sich alles, Jahr für Jahr, und gibt dem brüchig erscheinenden Leben eine gewisse Beständigkeit. Auf der Schieferplatte hinter der Frau liegt die Silberne reglos in der Sonne. Nur ihre schwarzen Pupillen zeigen Leben an.

ÜBER ANTIUM

Der Antium Verlag, gegründet 2018, hat sich auf Werke von Schweizer Autoren sowie Übersetzungen aus dem Finnischen und Italienischen spezialisiert.

Warum Antium?

Antium (heute Anzio) war in der Antike ein beliebter Badeort für vornehme Römer, die dort ihre Villen errichteten – nur einen Katzensprung von Rom entfernt. Ein vergleichsweise naher «Sehnsuchtsort» also, der für Entspannung und Genuss stand.
Und womit könnte man sich besser entspannen als mit einem guten Buch in der Hand? Das galt schon in der Antike, und so gaben sich hier literarische Hochkaräter wie Maecenas und Cicero ein Stelldichein. Das hohe kulturelle Niveau in Antium wird nicht zuletzt dadurch bezeugt, dass die Archäologen in diesem Gebiet besonders viele bedeutende Kunstschätze ausgegraben haben. Und genau das möchte auch der Antium Verlag erreichen.

Zum Verlagsprogramm

Der Antium Verlag hat sich auf übersetzte Romane aus dem Finnischen und Italienischen spezialisiert, deren Autoren zum Teil im deutschen Sprachraum noch ganz unbekannt sind. So werden echte Neuentdeckungen ermöglicht. Ausserdem strebt der Verlag die Förderung der (Deutsch-)Schweizer Literatur an. Die Entstehung von Werken von Schweizer Autoren und Autorinnen wird von Grund auf begleitet.
Der Verlag ist offen für verschiedene Romangenres, wobei die Bücher eine unterhaltsame und doch intelligente Lektüre bieten sollen. Wichtig ist, dass die Bücher sich immer in irgendeiner Weise mit der Realität in den jeweiligen Ländern und Regionen auseinandersetzen. Es sollen stets bestimmte Aspekte aus Mentalität, Geschichte und Kultur vermittelt werden.

Weitere Bücher im Antium Verlag:

KURT STUDER:

VERDAMMT, VERBANNT

Der 28-jährige gelernte Wagner Johann Schlegel aus Flums im Sarganserland reist 1919 nach seinem Aktivdienst nach Sion, um dort bei der Tonnellerie Dubois & Frères SA als Küfer zu arbeiten. Er mietet ein Zimmer bei Agnes Dubois, der Schwägerin seines Chefs.

Dort verliebt sich Johann auf Anhieb in Luise, die Schwester seiner Schlummermutter. Dass Luise 14 Jahre älter ist als er, vermag nicht zu verhindern, dass sie ein Paar werden. Hingegen wird die Beziehung von Luises Familie kritisch beurteilt.

Nach einer traumhaften Zusammenkunft hinter den Haselsträuchern auf dem Burghügel Tourbillon überstürzen sich die Ereignisse. Eine ungewollte Schwangerschaft – im damaligen erzkatholischen Wallis eine unerhörte Katastrophe. Aber auch die Idee einer Heirat stösst auf Widerstand. Kann es für die beiden Liebenden noch eine gemeinsame Zukunft geben?

Der Roman ist nicht nur eine verzwickte Liebesgeschichte, die teilweise auf wahren Begebenheiten beruht, sondern auch ein umfangreiches, realistisches Sittenbild des Wallis zu Beginn des 20. Jahrhunderts. Mit einer wunderbaren epischen Breite betätigt sich der Autor als Erzähler im klassischen Sinne.

ISBN 978-3-907132-05-0

DANIELA AMBROSOLI:

TOCHTER AUS BESSEREM HAUSE

Tochter aus besserem Hause, mit dem goldenen Löffel im Mund zur Welt gekommen, so liesse sich die Ausgangslage klischeehaft beschreiben. Doch schon früh durchzogen Spannungen und Brüche Daniela Ambrosolis Leben als Tochter und Erbin des Locarneser/Asconeser Ambrosoli-Clans, der sein Geld ursprünglich vor allem mit dem Automobil- und Immobilienhandel gemacht hatte.

Daniela Ambrosoli gibt einen schonungslosen Einblick hinter die Kulissen ihrer Familie; einerseits der Familie, in der sie als Kind aufgewachsen ist, andererseits der Familie, der sie mittlerweile selbst als Mutter und Grossmutter vorsteht. Zudem zeigt sie ihren eigenen beruflichen Weg auf, der sie unter anderem zur Gründung der «Pierino Ambrosoli Foundation» geführt hat, die junge Tanztalente aus der ganzen Welt unterstützt.

Eine Biographie, bunt schillernd und spannend wie ein Roman.

ISBN 978-3-907132-10-4

Übersetzungen aus dem Finnischen im Antium Verlag:

ANTTI TUURI:

STRASSE INS PARADIES

Aus dem Finnischen von Beat Hüppin

Jussi Ketola wird im August 1930 von den Männern der rechtsextremen Lapua-Bewegung entführt und über die russische Grenze abgeschoben. Doch auch in der Autonomen Sozialistischen Republik Karelien ist nicht alles Gold, was glänzt, und so wiederholt sich die Geschichte für Jussi auf frappante Weise. Eine auf historischen Tatsachen beruhende Geschichte.

«Tuuris Name bürgt für Qualität.»

Kulttuuri kukoistaa

ISBN 978-3-907132-02-9

JAAKKO MELENTJEFF:

DIE ERTRUNKENEN

Aus dem Finnischen von Beat Hüppin

Der multinationale Kriminalroman beginnt mit einem Toten an der Küste im finnischen Pori. Weitere Ertrunkene in Stockholm und Reykjavik kommen hinzu, alle mit den Papieren einer anderen Person in der Tasche. Die Polizei ist zunächst ratlos …

«Fans der Millennium-Trilogie von Stieg Larsson werden an dem Roman sicherlich ihren Spass haben.»

Aenne Boye, dielinie11.de

ISBN 978-3-907132-00-5

MIKA HENTUNEN:

SUWOROWS SCHATZ

Aus dem Finnischen von Beat Hüppin

Ein Exilpalästinenser reist in das kleine finnische Nest Savitaipale, um unter arktischen Bedingungen einen angeblichen Schatz des russischen Generals Suworow aus dem Saimaa-See zu heben. Klar, dass dies dem Mossad und dem CIA nicht verborgen bleiben kann, vor allem wenn der Mann zufällig gleich heisst wie einer der Attentäter von 9/11!

«Hentunens Kommentare zur internationalen Politik fügen sich auf natürliche Weise in die Erzählung ein.»

Janne Hopsu, MTV

ISBN 978-3-907132-06-7

HELENA VÄISÄNEN:

FARMABERG

Aus dem Finnischen von Beat Hüppin

Mediziner Jarkko Karhu, Leiter eines Forschungsprojekts bei der Farmaberg in Lappeenranta, wird mit durchschnittener Kehle in seinem Eisbecken aufgefunden. Der Kriminalroman mit finnischem Charme weist auf unsaubere Machenschaften in der Pharmabranche hin. Eine stimmungsvolle Lektüre rund um die Ermittlerin Saara Joho.

«Flüssig geschrieben, liest sich von der ersten Seite an fesselnd und äusserst spannend.»

Dr. Michael Peters in der Deutsch-Finnischen Rundschau

ISBN 978-3-907132-04-3

Übersetzungen aus dem Italienischen im Antium Verlag:

DANIELE FINZI PASCA:

DIE NACKTGEBORENE

Aus dem Italienischen von Rahel Schmidig

Die Ich-Erzählerin und ihre Zwillingsschwester Anna, die Heilige, die merkwürdigerweise bekleidet zur Welt gekommen ist, sind zwei gegensätzliche Wesen. Und doch sind ihre Leben untrennbar und tragisch miteinander verknüpft.
Tante Matta, Onkel Al Berto, Cousin Maria Addolorata, Oma Lina, Oma Luce und viele andere kreisen als ein Universum von merkwürdigen, skurrilen und berührenden Figuren um die beiden Schwestern.
Ein raffiniertes, virtuoses Spiel mit der Sprache und den Motiven, das alle grossen Fragen des Lebens umfasst: Liebe und Glück, Leiden und Tod, Gott und die Freiheit.

«Ein mutiges Stück Literatur in verträumter, märchenhafter Sprache, erzählt mit überströmender Poesie und Fantasie.»
Cooperazione

ISBN 978-3-907132-01-2

GEMMA CAPONE:

ANIMATERRA PFAD DER VERSÖHNUNG

Aus dem Italienischen von Rahel Schmidig

Das Eintauchen in die Erinnerungen erfolgt in einer kreis- oder spiralförmigen Bewegung und lässt Gemma nicht los: Ein traumatischer Aufenthalt im Waisenhaus, die Abreise in Richtung Norden, Arbeit in der Fabrik und die Geburt ihrer behinderten Tochter. Viele Jahre lang widmet sich Gemma ausschliesslich ihrer Familie. Was hält das Leben danach noch für sie bereit?
Das Thema der Migration und des daraus resultierenden Gefangenseins zwischen zwei Kulturen wird im Buch auf sehr poetische und berührende Art dargestellt. Es ist somit nicht nur die eigene Geschichte der Autorin, sondern auch die einer ganzen Generation von Frauen, die Italien in der Nachkriegszeit Richtung Schweiz verliessen.

ISBN 978-3-907132-03-6